Elmar Faber

Nürnberger Pakete

Erzählungen

Das Neue Berlin

DIE BUCKELAPOTHEKE

Mitten im heißen Frühling dieses sonderbaren Jahres stand Elsa Maisel auf dem höchsten Punkt der heimatlichen Berge und dachte sich in die Welt hinaus.

Ungewöhnlich waren die Tage.

Solange sie sich zurückerinnern konnte, hatte es noch keinen solchen Vorsprung an Sommer gegeben. Es war, als verdampfte die Erde, obwohl es erst März war. In unsichtbaren Strömen mischten sich Sonne und Luft zu strotzendem Wachstum. Ein Knall noch, dachte sie, und es steht alles in Blüte, nur zu früh, viel zu früh. Die kalten Tage kamen noch immer. Die wärmende Behaglichkeit dieses bedenklichen Frühlings riss kleine Spalten in das Erdreich und beförderte in ihrem Herzen eine stille Ängstlichkeit.

Elsa Maisel musste Obacht geben.

Schon neulich war es ihr nicht geglückt, die Welt in ihr gewohntes Maß zu bringen. Die Lerche, der kleine braune Vogel, der über Äckern und Wiesen jubiliert, mit denen er farblich sein Kleid teilt, hatte die triumphierenden Laute der Wiederkehr über den Teichen gesungen, die das hügelige Land sprenkelten. Aber seit wann sang eine Lerche über den Wassern? Wo sollte da ihr Sturzflug enden?

Es sind ungewöhnliche Zeiten, dachte sie, und dann stieg sie langsam hinunter ins Tal, wo das Haus stand mit der krankhaften Flucht von Zimmern, die ihr gehörten und das sie seit Jahrzehnten beharrlich hütete.

Was ihr inneres Gleichgewicht betraf, so war dieser Tag einer von vielen. Oft stieg sie den Berg herauf und herunter. In alten Papieren mit steifen Schriftzügen eingetragen waren Grenzstein um Grenzstein, es war das Land von Großvater und Großmutter. Hier hatte sie gehackt, gegraben, gesenst und gesichelt, gesammelt und gebündelt, nicht auf eine Arbeit konnte sie sich besinnen, die sie nicht verrichtet hatte. Die schweren Kiepen mit Stallmist hatte sie auf dem krummen Buckel die Berge hinaufgeschleppt, hinunter den Schwarm goldgelber Ähren, Kartoffeln, späte und frühzeitige, Runkelrüben, Sonnenblumen und Mohngewächse, die roten Beeren der Eberesche, Körbe voll Gras und Heu, die nach wildem Kümmel rochen.

Alles zu seiner Zeit und alles zu seinem Zweck. Hier hatte sie die senkrechten Fahnen der Kartoffelfeuer in den Himmel steigen sehen, die Schneegänse beobachtet, wenn sie nach Süden zogen, verdorrte Baumnadeln gescharrt, um dem heimischen Vieh wärmendes Lager zu geben. Hier hatte sie die Turnkünste der Waldmeisen bestaunt, die schmalen Stimmen und krächzenden Zeichen der verschiedenen Arten den Verursachern zugeordnet, leise geweint, wenn sie in Not war, und schallend gelacht, wenn Glück, oder ein Anflug davon, sie zu verfolgen schien.

Was musste man eigentlich vom Leben halten, das an einen einzigen Berg gekettet war, hinter dem die Sonne auf, und unterging, über dem im Sommer die schweren Gewitter standen, die drohenden Zeichen eines dunklen Himmels, und über den man selten genug Witterung bekam von den Bedrohlichkeiten der Welt und ihren maßlosen Begierden?

Die darüber nachsann, war eine Frau, die alt zu werden nicht verdiente, die aber nun das graue Haar nicht mehr damit überlisten konnte, dass sie einfach die Ofenringe vom eisernen Herd hob und sich mit den berußten Fingern zaghaft über den Kopf strich. Das war vorbei. Auch die kunstvollen Übungen wollte sie nicht mehr ausführen, die einst der mädchenhaften Schönheit zu hellem Glanz verholfen hatten, wenn die dörflichen Feste ins Land zogen, und die sie sich so lange bewahrt hatte, bis das Alter Eitelkeit nicht mehr vertrug. Nein, mit den Schalen der Walnüsse schwärzte sie das Haar nicht mehr und Lilienblüten wurden auch nicht mehr ausgepresst, um sich geheimnisvoll den Hals zu betupfen, und auch die Wurzeln des Löwenzahns taugten nicht mehr dazu, die späten Sommersprossen zu vertreiben. Die braunen Altersflecken waren beharrlicher als die purpurnen Pünktchen der Jugend, die Amor ihr flüchtig ins Gesicht gestreut hatte.

Nach wie vor hütete sie aber die Liebe zu den Pflanzen und Kräutern, die sie umgaben. Mit den Jahreszeiten wechselten zwar die Arten, die sie sammelte, aber jeder Halm verband sie mit der Unendlichkeit. Wenn sie ans Leben dachte, dachte sie an die Erde und an das, was diese hervorbrachte. Für sie war die Erde ein beseeltes Wesen. Laut werden lassen hatte sie es nie, aber dass Gras und Kraut, Strauch und Baum und alles, was sich davon ernährte, etwas mit göttlicher Schöpfung zu tun haben sollten, das war ihr nie recht in den Kopf gegangen. Das erschien ihr zu paradiesisch. Ihre Erfahrung war irdischer. Die geheimnisvolle Kreatürlichkeit der Welt ließ sich nicht in sieben Tagen erfinden, dachte sie oft. Auch wenn dies für manche lästerlich war, sie wusste es besser. Korn wurde erst durch lange Arbeit zu Brot, das war ihre sichere Beobachtung.

Freilich ließ auch sie sich gern mit fortnehmen von den Legenden in Reiche, die ans Wunderbare grenzten. Sie wollte gar kein Geheimnis daraus machen, dass sie selbst schon einmal an der Thronbesteigung einer Rose teilgenommen hatte. Heimgebracht hatte sie das Wissen, dass ganze Völker der Pracht oder der Unschuld einer Blume huldigten.

Der Franzose verehrte die Lilie, der Holländer die Tulpe, der Ägypter die Lotosblüte, in der er die Sonne für versteckt hielt. Vom ersten Buschwindröschen an bis zum letzten Blau des Schlehdorns konnte sie an allen Blüten und Früchten Wind und Wetter ausmachen.

Sollte es einmal soweit kommen, dass abgerechnet werden musste, dann wollte die kleine krummgebeugte Frau den Berg noch einmal hinaufsteigen. Wenn sie oben war, ganz oben, wollte sie den großen Leidenschaften der Welt, von denen sie nichts verstand, den Kriegen und Revolutionen, den Aufruhren, den mörderischen Lustbarkeiten, den Verschwörungen und Verschwendungen der Menschen eine kleine, eine vielleicht mindergewichtige Erkenntnis hinzutun, eine winzige Erfahrung, die für sie die Ewigkeit beschwor und die leise und still erfochten war. Sie glaubte nämlich, dass für das Glück der Leute der Duft einer Blume oder das Rascheln eines Blattes wichtiger waren als die Erfindung des Telefons oder des Automobils oder der raunenden Fluggeräte, mit denen man um die Welt reisen oder – wenn es dumm zuging – den ganzen Globus zerstören konnte.

Das Gewöll an historischen Lebensfäden war verwickelt. Wenn Elsa Maisel eine Fussel löste, ging es tief in die Zeit hinab. Den Urgroßvater kannte sie nur vom Hörensagen. Er musste ein kräftiger Mann mit kantigem Gesicht und buschigen Brauen gewesen sein. Frühzeitig hatte ihn ein Stein erschlagen, als er eine Felswand einrüstete. Die Familie, die der junge Zimmermann hinterließ, war achtköpfig, und er hatte sie nur dadurch ernähren können, dass er den kargen Einkünften seines Zimmermannsberufes, die er hauptsächlich in den Sommermonaten erfocht, den Winter über einiges durch Heimarbeit hinzutat.

So fertigte er in einer winzigen Scheunenwerkstatt, deren Fußboden aus Lehm und Kuhmist er mit schweren Holzpantinen so fest wie Beton trampelte, allerlei nützliche Gegenstände an. Unter seinen geschickten Händen verwandelte er mit Axt, Säge, Hobel und Stecheisen rohe Hölzer in Schlitten, Schneeschuhe, Buttermodel und Schaukelpferde, von denen eins, als Familienheiligtum, noch auf sie übergekommen war. Sie erinnerte sich gut daran, welch unvergleichlicher Zauber von dem frommen Tier ausging, wenn sie als Kind darauf hin- und herwippte. Wie eine Königstochter kam sie sich vor, wenn sie die samtledernen Zügel in der Hand hielt und den schönen Gaul zur Eile antrieb. Nie wäre ihr eingefallen, dass sie nur auf einem bemalten Kirschbaumstück saß, aus dem der Urgroßvater auf unerfindliche Weise Fesseln und Flanken, Hufe, spitze Ohren, breite Nüstern und einen gewölbten Pferderücken herausgeschlagen hatte und dann die phantasiereiche Holzgeburt mit Zaumzeug und Sattel, Mähne, Schwanzbüschel und anderem klingelnden Zierrat versah.

Noch heute träumte sie von den klirrend kalten Wintertagen, wenn der Wind ums Haus pfiff, die Bratäpfel in der Röhre zischten und die Tannenzapfen knackend aufbrachen, die dort zum Trocknen ausgelegt waren, und sie auf dem Schimmel ritt und mit ihm davontrabte, durch Fenster und Wände hindurch, in die freundlichen oder auch unwirtlichen Gefilde, wo Nachteule und Nachtigall oder der Teufel mit den drei goldenen Haaren zu Hause waren und wo auch Urgroßvaters kleine Werkstatt zu finden sein musste, aus der der Zauberkram hervorgegangen war.

Bis heute wusste sie nicht, ob es Sinn hatte, sich nach Vergangenem zu erkundigen, und ob es von Nutzen war, nach dem Leben der Alten zu fragen, aber gut war es schon, dass sie es für sich aufgeklärt hatte, dass der Zimmermann-Urgroßvater, um seine Winterpfennige aufzubessern, neben der Holzkunst noch einem weiteren Nebenverdienst hinterhergejagt war. Wie sie herausbekommen hatte, hatte er mehr aus Zufall von einem seiner ausgedehnten Spaziergänge durch die moorhaltige Landschaft ein Bündel Isländisch Moos mit nach Hause gebracht, an dessen starren und zerbrechlichen Formen er zu studieren gedachte, wie man ein Flechtwerk aus Holz für einen noblen Türschmuck herstellen könne. Es wurde ein Kunstwerk für eine Apothekertüre daraus. In den Gesprächen mit dem reichen Pharmazeuten erfuhr der Urgroßvater mehr über die wurzellose Flechte, die ihn als Kunstform der Natur zu einer bestaunten Arbeit angestiftet hatte.

Der Apotheker lobte das niedere Kraut als etwas Solitäres im Pflanzenreich, weil es, hervorgegangen aus zwei völlig verschiedenen Arten, einem Pilz und einem Algenstamm, zu einer neuen Organisationsform emporgewachsen war. Und der Urgroßvater erfuhr, dass es erstaunlich gesundheitsfördernde Eigenschaften besaß, wenn man sich vor seinem Bitterstoff nicht fürchtete. Beeindruckt war er von den Schilderungen des Apothekers, dass die leicht nach Tang riechende Pflanze neben anderen lobenswerten Wirkungen auch einen krampflösenden Einfluss auf den Körper haben sollte, also offenbar ein Übel bekämpfen konnte, das einem seiner Buben schwer zu schaffen machte.

Der Urgroßvater sammelte mit Fleiß das wilde Gewächs, zerstieß es im Mörser zu winzigen Mikroben, verabreichte es als Pulver oder als Tee oder in einer abenteuerlich schmeckenden Honigmischung und erzeugte in seiner vielköpfigen Familie den Glauben, dass die verwogenen Mixturen die Krönung der Volksmedizin darstellten. Tatsächlich ließen nach geduldiger Einnahme der dargereichten Proben die muskelziehenden Anfälle des Buben nach, so dass dem Glauben an das Lob des Apothekers, das dieser dem Heilkraut angeheftet hatte, die Überzeugung auf dem Fuße folgte, in den Wildpflanzen eine neue Signaturenlehre für die häusliche Heilkunst entdeckt zu haben. Jedenfalls stopfte der Urgroßvater seinen Dachboden mit Wildkräutern voll, machte sich über deren homöopathische Eigenschaften kundig und schlug Nutzen daraus.

Er lernte unter der Mentorschaft des reichen Apothekers, der Urgroßvaters erstaunliche Fingerfertigkeiten für neue Verzierungen an seinem prachtvollen Apothekerhaus beanspruchte, ein Kräuterkalendarium kennen, das ihn faszinierte. Bald wusste er, mit welchen Kräutern man kurte, welche pure Arznei waren, welche bitter und welche süßlich schmeckten, welche vor oder erst nach den ersten Frösten geerntet werden mussten. Er lernte unterscheiden, was innerlich und was äußerlich angewendet werden konnte, was besser im frischen oder im getrockneten Zustand zu verbrauchen war und welche medizinischen Wirkungen sich einstellten. Schnell fand er heraus, welche Stoffe blutreinigend, welche harntreibend, welche abführend waren und mit welchen man Gicht und Rheuma lindern konnte.

Der Urgroßvater verwandelte die Waschküche neben seiner kleinen Zimmermannswerkstatt in ein Laienlaboratorium, und aus diesen beiden Räumen gingen nun fast zeitgleich, wenn nur die Winter-

nächte lang genug waren, Erzeugnisse sich scheinbar ausschließender Berufssparten hervor. Freilich,
der Zimmermann, ein philosophischer Kopf, wusste
die zentrifugalen Produkte seiner Nacht- und Win-
terarbeit, die Nudelhölzer, Buttermodel, Schaukelpferde und Rodelschlitten auf der einen sowie die
Tees, Säfte, Pflaster und Balsame auf der anderen
Seite zu einem einzigen Motiv zusammenzuführen.
Er wollte Lebensfreude austeilen. Hinter kantiger
Gestalt und bäurischem Aussehen versteckte er ein
weiches Herz und einen knurrigen Humor, von dem
er ebenso freigiebig spendete wie von der gemä-
ßigten, aber gesicherten Bildung, die er sich auto-
didaktisch erworben hatte, so dass es kein Wunder
war, dass er in seinem Dorf ein gewisses Ansehen
besaß und manchmal gar freundlich-verehrend als
Wunderdoktor bezeichnet oder verdächtigt wurde.
Es glückte dem jungen Zimmermann, sich mit
einem Flair von naturhafter Burschikosität zu um-
geben und wie ein Sinnstifter aufzutreten, der eben
vieles wusste, beispielsweise dass das weiche Holz
der Schwarzpappel sich am besten für die Herstellung geflochtener Möbel und Spanschachteln eignete oder dass gegen sexuelle Überreizung am ge-
scheitesten ein Blatt der Seerose auf die gefährdeten
Teile aufzulegen war.

Was den Hinzuverdienst betraf, der ihm aus seinen
naturkundlichen Experimenten zufloss, so war dieser charakterlich unbedrohlich, aber von seltsamer

Beruhigungskraft. Immerhin verbannte man damit die irdene Schüssel, aus der manchmal tagelang die schmackhafte Brühe eines einzigen eingelegten Herings auf die nackten Pellkartoffeln gestippt wurde und die jahrelang die Reliquie des Arme-Leute-Haushalts war, in die hintere Reihe eines Gerätschaftsschrankes und erwarb dafür eine Serie von weiß strahlenden Tellern, die mit einem Kranz aus roter Schuppenmiere bemalt waren. Als dieser zarte Funken eines materiellen Fortschritts in der Familie des Urgroßvaters aufblitzte, erschlug ihn der graue Stein, dessen Herausbrechen aus der spröden Felswand er gerade durch Einrüstung verhindern wollte, um den Bau einer neuen Straße durch das Thüringer Schiefergebirge zu ermöglichen.

Der Urgroßvater hieß Karl Wilhelm Severin. Zu seiner Zeit war es üblich, dass man sich die Vornamen in den Fürstengeschlechtern ausborgte, aber was seinen Nachnamen betraf, so war dieser von beängstigender Fremdheit und an Seltenheitswert in der ganzen Gegend nicht zu überbieten. Die Herkunft des Namens deutete auf einen Heiligen hin, aus südlichen Gefilden, doch Karl Wilhelm Severins Stammbaum ging auf einen Wanderburschen aus nördlichen, hanseatischen Breiten zurück, der offenbar im Gebirge hocken geblieben war, aber die scheinbar vornehme Abstammung nicht auf das Geschlecht hatte übertragen können, das er hier gründete, denn die wenigen Severins waren Hirten, Köhler, Steinklopfer und Zimmerleute. Karl Wilhelm taufte seine Söhne und Töchter in bodenständiger Tradition auf Namen einer nahen Adelssippe, und so hieß seine Älteste eben Anna Amalia, und so sah sie auch aus, groß, schlank, fein ziselierte Gesichtspartien mit ein wenig zu breiten Backenknochen, dunklen Augen und einer Taille, als wäre diese von einem unsichtbaren Mieder geschnürt.

Anna Amalia war ein begabtes Mädchen, aber der Vater konnte nicht einmal daran denken, sie auf eine bessere Schule zu schicken. Sie blieb in den zwei Klassenzimmern hängen, die in dem spitzbetürmten Haus, in dem auch der Gemeindevorstand untergebracht war, für die elementare Fortbildung der Dorfjugend eingerichtet waren. Ein Minimalmaß an Weltkunde besorgte sie sich aus den alten Kalendern, die sie in Kästen und Schüben des Vaters gefunden hatte, und aus zerschlissenen alten Zeitungen, die sie auf den Fluren einer Kartonfabrik regelmäßig auflas. Diese Blätter und Schnipsel bewahrte sie wie Talismane. Mit ihnen verkroch sie sich auf den Heuboden und schlüpfte in eine andere Welt, und dabei empfand sie, dass Papier etwas ganz Wunderbares war, weich und warm, wenn man es anfühlte, und von einer federnden Leichtigkeit, die einen selbst mit in die Luft hob. Sie ertrug gern den Spott ihres derben und kahlköpfigen Lehrers, wenn dieser sie aus fernen Träumen in den tristen Dorfklassenunterricht zurückholen wollte und sie mit dem Satz »Anna Amalia ist wieder unterwegs auf den Schwingen der Phantasie« als außer der Art geschlagen zu charakterisieren versuchte.

Es geziemte sich für das einfache Landvolk nicht, darüber nachzudenken, was hinter dem Berg geschah, auch nicht, wenn man dazu von kleinen gelben Heftchen angestachelt wurde, die ein schlüpfriger Bauchladenhändler mit ins Dorf brachte und für die Anna Amalia lange nicht den Zusammenhang herstellen konnte, warum diese etwas mit Reclame zu tun haben sollten. Erst als sie erwachsen zu werden begann und ihre Schmökereien verstärkte, kam sie dahinter, dass der effektvolle Aufdruck etwas mit dem Hersteller der kleinen Kostbarkeiten zu tun hatte, mit Reclam, einem Verlag aus Leipzig.

Inzwischen war ihre Liebe zu jeglichem Papier weiter angewachsen, sie war heftiger und zärtlicher geworden. Sie fand alte Schnittmusterbogen, auf deren perforierten Linien sie große Reisen machte, Glanzbilder, die von Pfefferkuchen abgerissen waren, Musterbriefe für Holzbaukästen und vielen anderen Papierkram, den sie bewunderte und wie einen Schatz hütete. Während ihrer andauernden Liebschaft in diese papierene Welt, in beschriebene, bedruckte, bebilderte oder jungfräulich belassene Blättchen und Bändchen, entdeckte sie in einer beschabten Holztruhe eine abgegriffene schwarze

Pappschwarte, in die lauter Rezepte eingetragen waren.

Anna Amalias Mutter machte einen Heidenspektakel, dass sie den biegsamen Band geöffnet und ihn als die geheime Rezepturensammlung des Vaters für sein Heilkräuterlaboratorium entschlüsselt hatte. Das Geschrei der Mutter kam ihr vor, als sei die Rezeptei das siebte Buch Moses und sie eines von Lots durchtriebenen Weibern.

Das Gezeter störte sie nicht, sie hatte als Älteste ein Recht darauf, sich des Wissens von Karl Wilhelm Severin zu bemächtigen, und das tat sie mit Inbrunst und Heiterkeit. Das erste Produkt, das ihr, noch nicht ganz volljährig, nach Vaters klugen Beschreibungen gelang, war ein Wacholderbeersaft, auf dessen farbloses Etikett sie mit weicher Hand und in deutlicher Querlage sowie aus tiefer Dankbarkeit »Severins Wacholderbeersaft« schrieb. Der dicke Balsam wurde zum Markenartikel in der ganzen Bergregion, und dies hatte sicher damit zu tun, dass Anna Amalia die kugelig-runden, blauschwarzen Beeren selber sammelte und alle Handgriffe bis zum fertigen Sirup selbst vollzog, also fremde Hände die Reinheit von Rezeptur und Herstellung nicht verderben konnten.

Sie kam dabei mit einem Plateau in Berührung, auf das sie Severins kundige Niederschrift hingelenkt hatte, welches von rauer und spröder Schönheit war und das die alten Kataster mit dem einfühlsamen Namen »Balsamine« bezeichneten. Hier standen die stattlichen Wacholdersträucher in berückender Harmonie mit der steinbesprenkelten Heide, dass man vor Naturglück hätte jauchzen können. Anna Amalia verstand sofort, als sie die kleine Hochebene betrat, warum die Götter hier die wundersame Pflanze in solcher Fülle angesiedelt hatten, dass man von einem Hain sprechen konnte, in dem alles strahlte, die Sonne und die Erde und die gelben Blüten, die sich im Mai in den stachligen Hölzern versteckten. Hier konnte sie beobachten, wie der Wacholder Wind und Wetter annahm, wie sich seine Äste buschig spreizten, wenn es regnete, und sich hoch aufstellten, wenn es heiß und trocken war. In seinen kleinschattigen Gehegen konnte sie, schier lichtüberflutet, darüber nachdenken, welches Heil die Pflanze den Menschen gebracht hatte, wenn man den alten Nachrichten Glauben schenkte, und welchen Genuss das Aroma ihrer reifen Beeren verursachte, wenn diese sparsam den bäuerlichen Festtagsessen beigemengt wurden.

Anna Amalia fügte »Severins Wacholderbeersaft«, dem Produkt, das sie kreiert hatte, ein zweites Angebot hinzu. In schmale Glashülsen gestapelt, verkaufte sie die auf sonniger Heide luftgetrockneten Beeren des quirligen Zypressengewächses als herbe Zutat zu geräuchertem Schinken oder Sauerkraut oder Hasenbraten, und schrieb den Leuten, die ihr die kleinen Gefäße abnahmen, noch freundliche

Zubereitungsempfehlungen dazu. Es war Pfennig-kram, den sie dafür einlöste, aber er half der vater-losen und gebeutelten Familie aus der schlimmsten materiellen Atemnot.

Was noch wichtiger war, Anna Amalia sammelte auf ihren Wegen auf die geliebte »Balsamine« jedes Kraut, das aromatisch roch, Augentrost und Bald-rian, Arnika und wilden Fenchel, Thymian und Engelwurz, je nachdem was ihr die Jahreszeiten anboten, und erkundigte sich in Severins kluger Rezeptei, wozu es gut war. Danach entwarf sie die Art der weiteren Bearbeitung und bestimmte, in welcher Form sie die Kräuter anbieten wollte, als Tee, als Pulver, als Öle und Extrakte, Säfte, Säuren oder Sirup, und sie überlegte streng, wie vormals die heilige Hildegard von Bingen, welche Eigen-schaften der gewonnenen Substanz sie besonders herausstellen und anpreisen sollte. Sie entpuppte sich als geborene Meisterin, wenn es darum ging, die körperlichen und die seelischen, die inneren oder äußeren Kräfte ihrer Tonika zu beschreiben, und sie vergrößerte täglich ihr Wissen um die Wir-kung ihrer bewährten Mixturen, indem sie jede, wie die Indianer, an sich selbst ausprobierte. Zu-gute kam ihr ihre unverblasste Liebe zum Papier; auf die Fläschchen, Dosen, Schachteln, Gläser, in die sie ihre Präparate füllte, konnte sie die feinen Reste aufkleben, die ihr die Kartonagenfabrik aus mannigfaltigen Papiervorräten ausriss, sie konnte diese bügeln, falten, kräuseln und ihren wundersamen Tinkturen damit ein attraktives Aussehen geben.

Das schöne Spiel, das Anna Amalia mit ihrer Kräutersammelei betrieb, wuchs sich zu einem Kleingewerbe aus. Sie freute sich, dass nicht nur die Dorfbewohner nach ihren Rezepturen fragten, sondern dass auch fremde Leute aus dem Kirchspiel ihre wilden Früchte mochten. Aus spannender Lektüre wusste sie, dass sogenannte Kolporteure früher Bücher und Kalender in großen Kiepen über Land getragen hatten, um die Lesestoffe an den Mann zu bringen, und dass auch Apotheker ihre Arzneien über die Berge schleppten, um die Kundschaft zu vergrößern. Warum sollte da sie, Anna Amalia Severin, diese Tradition nicht aufgreifen, und ihre feinen Erzeugnisse nicht auch den Bewohnern anderer Orte zeigen?

Kurzentschlossen ließ sie sich vom Korbflechter eine Kiepe knüpfen und umspannte diese mit einem leinenen Tuch, auf das sie einen verwogenen Firmennamen stickte. »Severins Buckelapotheke« prangte in großen roten Buchstaben darauf, und Anna Amalia konnte es egal sein, ob die Bezeichnung gestohlen war. Es war ihr aus den Schmökereien in alten Zeitungen und Kalendern und aus den gewerblichen Gewohnheiten der Kirchspieldörfer bekannt, dass Buckelapotheker schon im 18. Jahrhundert durchs Land gestreift waren, aber sie tat,

als wäre es eine neue Erfindung, und so zog sie un-
beeindruckt von der Tradition und frohen Mutes
über das windige Gebirge.

Als sie von ihrer ersten Tour heimkehrte, klimper-
ten die Geldstücke im wollenen Beutel, den sie unter
ihrer breiten Gebirgsschürze schutzsuchend ange-
näht hatte. Aus dem einträglichen Versuch wurde
Gewohnheit, und Anna Amalia musste in einer Ge-
schwindigkeit sammeln, trocknen, aufbewahren und
experimentieren, die ihr manchmal den Atem nahm
und sie an den Rand eines körperlichen Zerwürf-
nisses brachte. Ihr Ansehen aber wuchs und mit ihm
ein stiller, lautloser, unauffälliger Wohlstand, der
der Familie Kraft gab und Anna Amalia die Möglichkeit, das winzige Laboratorium neben Severins
ursprünglicher Zimmermannswerkstatt mit neuen
Gerätschaften auszustatten, die ihr die Arbeit er-
leichterten und den heilkundlichen Zwecken ihrer
jungen Existenz eine neue Dimension gaben.

Als Wink des Schicksals betrachtete sie es, dass
sie auf einer ihrer Buckeltouren Eugen Maisel kennenlernte, einen frommen Gastwirtssohn mit einem
auffälligen Verstand für ihre Kräuterschnäpse, der
sich ihr ohne Federlesens zum Compagnon machte
und durch sachkundige und harte Arbeit erst ihre
Achtung, dann ihre Zuneigung gewann, so dass aus
»Severins Buckelapotheke« schneller als erwartet
eine sesshafte Kräuterhandlung und Heilessenzen-
destillerie wurde, die sich den Doppelnamen »Se-

verin & Maisel« zulegte, obwohl nur eine Familie
darin das Regiment führte. Nun sah man Anna
Amalia öfters einmal auf ihrer Gartenbank sitzen und mit den Dorfleuten schwatzen, und Blätter und Früchte sortieren, während Eugen Maisel
drinnen dämpfte und braute oder die Resultate
seiner Kunst ihr scherzend zum Probieren brachte.
Jeder sah, dass es der Firma Severin & Maisel gut
ging. Kräuterjungen holten die wilden Früchte aus
Wiese, Wald und Feld, und Buckelmänner trugen
die veredelten Ernten in Ranzen oder auf hölzernen
Tragegestellen über Berg und Tal, und jeder, der
für die Firma arbeitete, tat so, als würde sie sein eigen sein, weil vornehmlich der Gastwirtssohn alle
wie in einer Großfamilie zusammenhielt, in der das
Mutterrecht galt.

Die Maisels kauften sich ein großes Schieferhaus
mit viereckigem Hinterhof und einer wilden Eberesche in der Mitte, zogen zwei Kinder groß, einen
frechen Jungen und ein sittsames Mädchen, gingen
fleißig in die Kirche und probten regelmäßig im
Gesangverein. Im Frühjahr bestaunten sie das Auf-
brechen der Knospen, im Sommer schwitzten sie im
Heu und in den Heidelbeeren, im Herbst sahen sie
in den Himmel und bewunderten die Schöpfung,
im Winter knackten sie Bucheckern und entkern-
ten Hagebutten. Urlaub, sagten sie, brauchten sie
nicht, sie träumten sich auf der sonnenüberfluteten
»Balsamine« in die Welt, jubilierten mit den Vögeln

in laubigen Verstecken des Sommerberges, und mit dem Schlitten sausten sie in den zwölf Nächten über die frostigen Winterbahnen.

Die Eisenbahn, die eine fürstliche Residenz mit einem gräflichen Sommersitz verband, hatten sie einmal benutzt, vielleicht auch zweimal, um das Gaudi eines berühmten Heiratsmarktes zu genießen, sonst war ihnen das Dampfross zu laut und zu schmutzig, um Gefallen daran zu finden. Für den Bau eines Turnplatzes spendeten sie ein wenig Geld, und auch an anderen guten Taten für das öffentliche Wohl ließen sie es nicht fehlen, wenn diese nur nicht lauthals kolportiert wurden.

Die Maisels mochten das stille Glück, nicht den großen Bühnenzauber mit Pauken und Trompeten. Ihr Talent gedieh in freundlicher Zurückgenommenheit, nicht im verwogenen Parforce, und vielleicht machte gerade das ihren gewerblichen Erfolg aus, auf alle Fälle aber ihre persönliche Beliebtheit. Sie atmeten ihre Zeit ein und aus, ohne Sprüche und Spektakel, und als schließlich die Enkel das Feld beherrschten, da spürte man die große Verwandlung, da merkte man plötzlich, wie getane Arbeit, wie die Anstrengungen vergangener Tage in Frohsein, ja in Fröhlichkeit übergingen.

Als Elsa Maisel auf dem Berg stand und den heißen Frühling beargwöhnte, da kamen die ganzen Bilder herauf, die Großmutter Anna Amalia durch die Zeit trugen, da sah sie die alternde Frau mit ihren großen Leinenschürzen, unter denen man sich verkriechen und seine Angst vor Blitz und Donner rasch verbergen konnte. Sie erinnerte sich an Augenblicke voll strotzender Heiterkeit, in denen der Großmutter vor Lachen der Bauch wackelte und Tränen des Frohmuts wie Perlen aus ihren dunklen Augen sprangen. Sie wollte die Stunden nicht vergessen, in denen sie den Märchen lauschte, die das Böse besiegten, und die anderen sagenhaften und gruseligen Erzählungen auch nicht, in denen es Raub, Mord und Totschlag gab. Großmutter hatte für jede Geschichte eine eigene Botschaft, und man konnte selbst entscheiden, ob man diese annehmen wollte oder nicht. Jedenfalls gewann man ein Gefühl von Geborgenheit, wenn man bei ihr war.

Die Phantasie bediente sie mit einer Welterfahrung, die aus den klitzekleinen Dingen und Überraschungen des Alltags kam, denen sie schnell einmal den Verdacht auf Transzendenz beimischte. So konnte es leicht geschehen, dass die Großmutter im Bratapfel, der in der Röhre dampfend auseinandersprang, winzige Bewohner vermutete, die ihrem Zorn Luft machten, oder dass sie im Wasser, das in der Ofenpfanne zu singen begann, wenn es sich dem Siedepunkt näherte, einen stechgierigen Mückenschwarm aufgescheucht glaubte, der heimtückisch die Welt überfallen wollte.

Diese verrückten Geschichten waren es aber nicht, und auch nicht die Wärme und Behaglichkeit, die von ihr ausgingen, was Elsa Maisel immer in die Nähe von Großmutter Anna Amalia führte, so dass ihr, wenn sie später an die Kindheit dachte, immer nur das großelterliche Haus in den Sinn kam. Hinter dieser Anhänglichkeit verbarg sich mehr als ihr lieb war eine große Entbehrung, die ihr ein Leben lang zu schaffen machte.

Als die Maisel-Großeltern, ausgehöhlt von langer Arbeit, aber still beseelt von Erfolg und Anerkennung ins Glied zurücktraten, übernahm ihr Sohn, Maximilian Maisel, den Olitätenhandel. Er war ein herrischer Mensch von bestem Aussehen, und beides ließ er sich gehörig anmerken. In wenigen Jahren gestaltete er die Firma um. Aus dem matriarchalischen Familienbetrieb wurde eine Fabrik. Auf dem Gelände einer stillgelegten Molkerei etablierte er eine pharmazeutische Manufaktur, die alle Rezepte von Severin & Maisel übernahm und neue hinzufügte. In Fachkreisen gelobte Maschinen und Aggregate, die er auf Vermittlung eines befreundeten Technikers aus dem Schwarzwald bezog, sorgten dafür, die traditionelle Alchimistenküche der Alten in ein modernes Laboratorium zu verwandeln und von den einzelnen Produkten Stückzahlen herzustellen, die der sinnstiftenden Maiselschen Handwerklichkeit nicht zu entreißen waren.
Vor allem zwei Markennamen waren es, die den

Ruf des neuen Hauses mit dem alten Firmennamen nun auch in entferntere Landstriche als nur in das Thüringer Bergland trugen. Der Hingfong, eine narkotische grünliche Flüssigkeit, von der man sich erzählte, dass sie schon vor dem Dreißigjährigen Krieg hergestellt werden konnte, erreichte in der Severin-&-Maisel-Verpackung einen neuen Kultstatus. In kaum einem Haushalt fehlte die weitgerühmte Essenz. Elsa Maisel konnte sich gut daran erinnern, dass diese immer gebraucht wurde, wenn Not am Manne war. Man bekämpfte damit Appetitlosigkeit und Magenschmerzen ebenso wie Zahnweh, indem man einen Wattebausch tränkte und ihn in das schlimme Gebiss schob, und auch noch dreißig andere Krankheiten störte man mit dem schreckhaften Getränk.

Die zweite Attraktion des Hauses war ein seltenes Kustenöl, das seinen Ursprung den Harzern und Kustensteigern verdankte, die in heimischen Kieferwäldern ebenso wie in den artenreichen Waldstreifen des Mittelmeerraums das gelbe Blut der Bäume aus dem Holz zapften oder sich dort von Baumwipfel zu Baumwipfel schwangen und die harzigen Zapfen für eine komplizierte Weiterverarbeitung sammelten. Dem Kustenöl von Severin & Maisel sagte man eine segensreiche Mitwirkung bei der Bekämpfung der Tuberkulose nach, auch wenn ein direkter Beweis für diese verbreitete Volksmeinung fehlte. Vorzüglich eignete es sich aber, und das war bewiesen, für die Herstellung von Hustenbonbons und Badezusatz. Aber auch andere Produkte der florierenden Firma hatten einen guten Leumund. Melissengeist, Lebensbalsam oder Lavendelöl erreichten eine immense Verbreitung.

Maximilian Maisel verstand es, den Geheimrezepten seines Labors immer neue Geschichten zu entlocken, die im Lande wie Beschwörungsformeln gegen Pest und Cholera gehandelt wurden, so dass sich die Stimmung seinen Produkten gegenüber fortwährend verbesserte, und er nutzte den geschäftlichen Aufstieg auch für die freundliche Beleuchtung seiner privaten Angelegenheiten. Er heiratete, nach einer stürmischen Jugend, die Tochter eines Glasfabrikanten, der die Gläschen und Flacons und anderen bunten Behältnisse herstellte, in die er seine Arzneien füllte, und machte sich damit von fremden Einflüssen weitgehend unabhängig. Der jungen Frau, Klara, einer auffälligen Schönheit voll stummer Demut, Naivität und Puritanismus, baute er am Waldrand eine weiße Villa und verbarg sie darin wie in einem Puppenheim.

Nach kurzer Ruhepause setzte er die Ausflüge in die Tempel der Unkeuschheit fort, die er schon als lediger Bursche fleißig aufgesucht hatte, und vergrößerte die Anzahl der Gerüchte, die ohnehin über seine Hur- und Sauftouren im Umlauf waren. Er verstand sich als den Prototypen eines Aufsteigers, der beweisen musste, was er sich alles herausnehmen konnte. In bodenloser Forschheit kanzelte er die Konkurrenz ab, seine Mitarbeiter behandelte er mitunter wie Stallburschen und die schnell vereinsamende Frau, die ihre Scheu mit zunehmender Migräne erklärte, brachte er in den Verdacht einer psychischen Erkrankung.

Die öffentliche Meinung beherrschte er wie ein Dompteur. Er hatte sich zum Vorsitzenden von Vereinen und Gesellschaften machen lassen und arbeitete dort mit Zuckerbrot und Peitsche. Keiner wunderte sich, dass Maximilian Maisel, als der Krieg begann, nicht eingezogen und an die Front geschickt wurde, obwohl er der forschen Partei, die mit eisernem Besen das Land durchfegte, nicht angehörte. Ihr Wohlwollen aber hatte er sich erschlichen, und dies genoss er, sonst hätte er nach dem Kriege nicht die grandiosen Abschwörungsformeln benötigt, mit denen er jede Frage nach seiner körperlichen und materiellen Unversehrtheit bediente.

Aber so weit war es noch nicht. Noch schritt er durch seine Bergregion wie ein unbehauster Riese, hielt öffentliche Ansprachen, verdammte die Verderbnis der Sitten und machte im gleichen Atemzug mit großer Geste alles nieder, was ihm in den Weg kam, junge Mädchen und reife Damen, die verschüchterte Konkurrenz und die dörflichen Kriegsfürsten, denn er hatte die Macht, er konnte mit seinem Geld und Gewinn den Teufel tanzen lassen. Freilich gingen dabei alle bürgerlichen Tugenden über Bord, wurden ins Gegenteil verkehrt oder ins Extreme verzerrt. Der vielgelobte Eigensinn wechselte in puren Eigennutz, Geduld in Draufgängertum und Spontaneität. Von Bescheidenheit war nirgends mehr eine Spur zu entdecken.

Da fing sie an, dachte Elsa Maisel jetzt, den Vater zu hassen, den Großspur, und seine weiße Villa, in die er die Mutter eingesperrt hatte und sie zur Verzweiflung trieb. Es war eine langsame Entfremdung, die einsetzte, die aber an Tempo zunahm, je mehr sie die Warmherzigkeit in sich aufsog, die vom Haus der Großeltern ausging, die Andersartigkeit, die wohlhabend-bescheidene Lebensweise auch prägen konnte. Elsa Maisel begann, sich seelisch abzukoppeln und beobachtete mit Trauer und Argwohn die Zerstörung ihrer Familie. Als der Krieg zu Ende war und sich Maximilian Maisel als Held darstellte, der es verstanden hätte, zu Hause zu bleiben und den schamlosen Machthabern nicht an den Fronten zu dienen, da wurde ihr wegen des Übermaßes an Verdrehungskunst so übel, dass sie mehr kotzen musste, als ihr Magen hergab, und sie tauschte endgültig den weißen Prachtbau am Waldesrand gegen das freundliche Schieferhaus der Großeltern ein, das ihr wie eine Verheißung strahlte.

Kurz darauf erstickte die Mutter an einer Fischgräte. Die Leute verspotteten den Tod, Mimose Klara, die Überempfindliche, meinten sie, hätte einfach zu atmen vergessen. Maximilian Maisel sortierte seine Möglichkeiten, entschloss sich, allein zu bleiben und sich die mitunter bedrückende Einsamkeit mit jungen Flittchen zu vertreiben, die er, nachdem der Wismut-Bergbau in der Region angekommen war, auf jeder Straße auflesen konnte. Zum Signalprodukt seiner Nachkriegspharmazie kürte er den »Lebensbalsam«, ordinäre Hoffmannstropfen, deren geheimnisvollen Ursprung er in schillernden Farben beschrieb und neues Geld damit verdiente. Während eines Vortrags über »Die Heilkräfte der Natur«, zu dem ihn eine homöopathische Sozietät gerufen hatte und währenddem er das Thema in eine lebensphilosophische Richtung träumte, zermürbte ihn plötzlich ein stechender Schmerz in der rechten Bauchseite, nichts weiter als ein dummer Blinddarmdefekt. Er kam vom Operationstisch nicht wieder herunter.

Der neue Staat machte sich das Interregnum, das in der Leitung der Firma eintrat, zunutze und führte das intakte Werk erst in eine Treuhandverwaltung und dann in sogenanntes Volkseigentum über. Elsa Maisel war es recht. Mit Erbe hatte sie nichts im Sinn. Wenn sie es genau bedachte, war sie sogar froh darüber, dass sie enteignet wurde und auf diese Weise die Großmannssucht des Vaters, die alle dauerhaften Beziehungen demoliert hatte, zu einem gerechten, wenn auch bitteren Ende kam.

Elsa Maisel, alt, grau, mit reißenden Schmerzen im Rücken, stand aufrecht auf »ihrem« Berg und zog Bilanz. Der Vater hatte sie als degeneriert empfunden und auch so beschrieben, als sie sich aus der gewollten Eleganz der dörflichen Villa verabschiedete und mit den Großeltern das Gegenteil von dem lebte, was Maximilian Maisel als modernes Weltgefühl ausgab. Sie war ausgeschert aus dem materiellen Aufstieg der Familie und der fatalen Kraftmeierei, die diesen begleitete, und hatte sich auf eine Art von Einsiedelei kapriziert, die den Kontakt zu anderen nicht mied, sondern intimer machte.

Ihr Leben hätte auch anders verlaufen können, dachte sie, wenn ihr Verlobter, ein schmächtiger, verliebter und weltoffener Grenzgänger aus dem Nachbardorf, nicht schon im zweiten Kriegsmonat in polnisches Gras gebissen hätte. Sie war von dem Schwur nicht wieder abgerückt, dass dies die Liebe des Lebens gewesen sei. Jeder neue Versuch hätte nur zur Entweihung der jungen Erfüllung beigetragen. Die Großeltern respektierten den seltenen Entschluss, billigten ihn aber nicht, und der Vater verspottete ihn als Dämlichkeit und Träumerei.

Sie kroch wie eine Schnecke in ihr eigenes Haus und intensivierte ihre Zwiesprache mit Pflanzen und Getier. Sie vergrößerte ihr Wissen über Kräuter, Beeren, Pilze, Vögel und nutzte die Jahreszeiten, indem sie jeder das entführte, was ihr nützlich war. Mit den Jägern stolperte sie über Stock und Stein und entschlüsselte die Wildfährten. Im Herbst saß sie hinter laubigem Gebüsch und fieberte den kleinen Vogelschwärmen entgegen, die ins Netz gehen sollten. Unter den glatten glitschigen Steinen des Wildwassers lernte sie die Forelle mit der Hand greifen, und sie ahmte Vogelstimmen nach, damit ihr die Genarrten auf den Leim gingen. Aus den großen Waldameisennestern siebte sie die Eier aus und machte daraus einen Festschmaus für die Gartenamseln. Sie sammelte Ebereschen- und Holunderbeeren, Bucheckern und Kastanien, Mais- und Sonnenblumenkerne als Wintervorrat für getrennte Arten, und baute mit den Holzfällern Raufen und Krippen für hungernde Tiere. Sie beurteilte ankommende und flüchtende Wolken nach ihren versteckten Entschlüssen.

Nach alten Kalenderregeln vermochte sie vorauszusagen, ob ein trockener oder ein feuchter Sommer, ein harter oder friedlicher Winter bevorstand, und nur selten war Irrtum auf ihrer Seite, und wenn, dann vermerkten diesen die Leute mit Gelassenheit.

Zu Hause vergrößerte sie die Schar ihrer Stallbewohner, die sie von den Großeltern übernommen hatte. Zu den Ziegen und Kaninchen steckte sie im separaten Eisenkäfig jedes Jahr ein paar putzige Ferkel, die schnell zu prachtvollen Schweinen heranwuchsen und Wärme in den Stall brachten. Hühnern und Gänsen öffnete sie Hof und Garten zu weiträumigem Auslaufgelände. Im Taubenschlag siedelte sie ein fesches Pärchen an, das sich schäkernd und gurrend und in Windeseile in eine große flatternde Wolke verwandelte, die mehrmals täglich den Dachfirst als Ruheplatz benutzte.

Es erfüllte sie mit Stolz, als eines Tages ein Schulfreund, ein tüchtiger Bauer und geschulter Jäger, zu ihr sagte: »Elsa, nun bist du wohl endgültig zum Selbstversorger geworden.« Tatsächlich, sie hatte von allem. Sonnabends butterte sie für die ganze Woche und labte sich an der frischen Buttermilch, auf der noch die Butterflocken schwammen. Auf einer Holzstange über dem schönen eisernen Ofen reifte in runden oder viereckigen Siebkästen ein köstlicher Käse heran. Der Quark schmeckte nach blanker Sahne und kam immer frisch mit Schnittlauch oder Zwiebelschlotten auf den Tisch. In der Speisekammer stand ein Holzfass mit Geselchtem, daneben eine Front großer Steinguttöpfe mit ausgelassenem Gänse- oder Schweinefett, mit eingelegten Gurken und selbstgestampftem Sauerkraut. Die sonntäglichen Kartoffelklöße, die Spezialität der Region, ohne die Gottes Ruhetag nicht vollständig gewesen wäre, richtete sie mit Kaninchen-, Gänse- oder Taubenbraten her, an deren Lieferanten sie selbst Hand anlegte, auch wenn ihr das jedesmal bis in die entfernteste Herzkammer hinein leidtat. Auf ihren Äckern reiften großäugige Kartoffeln, kugelrunde Kohlrabi und schlanke Mohrrüben heran, mit denen sie einen Felsenkeller bevorratete, der unter dem Schieferhaus aus dem Stein herausgewuchtet worden war. Dort und in der anziehend duftenden Speisekammer fand man auch das Eingemachte, die zahllosen Gläser mit Gartenobst und Wildfrüchten und die unübertrefflichen Marmeladen, von denen ein bestimmter Rumtopf und ein sogenannter Hagebuttenschleier besonders köstlich waren.

Es war aber, so musste Elsa Maisel denken, nicht dieses Gourmetgefühl, nicht ein Schlemmereigedanke, nicht der Besitz, die ihr Ruhe gaben und Erfüllung schenkten, es war die Tätigkeit, welche zu den Produkten führte, die ein Gleichgewicht hervorbrachte, das ihr wie Lebenskunst vorkam. Jedesmal wenn sie einen frisch gerissenen Erdapfel in der Hand hielt, mit feinen Erdkrümchen besprenkelt, oder eine heiße Pellkartoffel in die weiße Blechschüssel stürzen ließ, in der sie einen saftigen Kartoffelsalat anrührte, dann dachte sie an die heftigen Mühen, die vor die Ernte dieser wunderbaren Frucht gelegt waren. Sie dachte daran, wie sie den Stallmist auf die Schanze buckelte, um die Erdkrume ihrer Äcker zu lockern, wie sie dem Pflug hinterherrannte, um die Stecklinge zu platzieren, wie sie diese sorgfältig anhackte oder anpflügte, um ihnen ein warmes Bett für die Vermehrung zu geben, wie sie die reifen Früchte in runde Purzelkörbe sammelte, in leinene Säcke füllte und schließlich das Kraut zu lodernden Haufen zusammenschob, damit die Schädlinge verbrannten und in den Folgekulturen keine Verheerungen anrichteten.

Sie dachte aber auch an die wunderbaren Augenblicke, wenn sie den Buckel gerade machte, nachdem sie die Mistkiepe abgeworfen, den Karst aus der Hand gelegt oder den Purzelkorb ausgeschüttet hatte, und in den Himmel oder das hügelige Land sah, dachte an die schöne Vesper, für die sie eine große blaue Schürze auf dem Ackerrain ausbreitete, darauf einen mächtigen Kanten Roggenbrot, eine geräucherte Leberwurst und ein Stück luftgetrockneten Schinken versammelte und mit erdigen Händen eine kräftige Portion von jedem abschnitt und sich dabei wie Herrgott in Frankreich fühlte.

Sie bewunderte den Jubelschlag der Lerche, die am Feldrand ihr Nest verbarg, das schmetternde »Herausspaziert« des Finken, wenn die Sonne schien, und sein klagendes »Trif, Trif«, wenn Regen heraufzog. Wie wunderbar war doch alles eingerichtet, dachte sie, die Natur hatte eine eigene Sprache, und sie hatte das Gefühl, dass sie diese verstehen konnte. Jedem Pflänzchen hatte sie eine Botschaft abgelauscht. Sie kannte die Wurzeln und Kräuter, die heißes Geblüt beruhigen, kaltes erwärmen konnten, die gut waren gegen Schwindelgefühl und betrübten Magen, und jene, die man meiden musste, wenn die »Tage« im Anzug waren. Sie erroch sich Wohltaten und Gifte, wenn sie die Kräuter rupfte, und erschmeckte sich Süß- und Bitterstoffe, indem sie einen Strunk davon zerkaute. Wie viele Leute, kam ihr in den Sinn, waren zu ihr gekommen, um sich etwas gegen Warzen, Geschwüre, Hühneraugen oder Mundgeruch »verschreiben« zu lassen? Wie viele hatten sie um Rat gefragt bei Gicht und Rheumatismus oder wenn Blase und Niere nicht funktionierten? Sie waren nicht zu zählen.

Frag Kräuter-Elsa, hieß es im Dorf, wenn man auf der Suche danach war, sein Leben zu verlängern. Sie war so etwas wie eine Institution geworden, mehr als ein gewöhnlicher Doktor, weil man von ihr auch schnell einmal erfuhr, wie man selbst ein Pulver oder eine Salbe anrühren konnte und ob dies auf Ingwer-, Zimt-, Honig- oder Eigelbbasis geschehen musste. Die Firma Severin & Maisel war zwar erloschen, aber sie, Elsa Maisel, verkörperte die Tradition der Buckelapotheke in kleiner, gekrümmter Person.

Sie hatte Liebe von sich abgewiesen, nachdem solche ihr ein einziges Mal gründlich abhandengekommen war, war allein und unfruchtbar geblieben und war doch nicht eins der bösen gealterten Frauenzimmer geworden, die fremde Leibesfrucht abtrieben, weil sie das Glück anderer nicht nachwachsen sehen konnten. Im Gegenteil, sie verabreichte Beifuß, Lorbeerblätter, Eisenkraut und Liebstöckel, die alten Zauberpflanzen, um aphrodisische Kräfte für neues Leben freizusetzen und fühlte sich – in fast altgermanischem Sinne – als Mutter alles Zukünftigen.

Überhaupt war ein sonderbarer Glaube in ihr, den sie sich aus ihrem Leben und aus den vielen Wandlungen, die sie beobachtet, erschlossen hatte, dass die Natur das einzig Verlässliche und zum Schluss auch das einzig Wundertätige sei. In Urgroßvaters Rezeptei, des Zimmermanns unschuldigen Niederschriften, hatte sie früh einen Spruch aufgespürt (»vom großen Paracelsus« war darunter in Klammern geschrieben), der voller Poesie steckte. Alle Wiesen und Matten, alle Berge und Hügel sind Apotheken, stand dort, von denen wir die unsere füllen sollten. Denn die Apotheke der Natur übertrifft alle Weisheit der Menschen.

Sollte sie zufrieden sein, weil sie danach gelebt hatte? Sie wusste es nicht, nicht genau. Sie würde zusammensinken, wenn sie sich bückte, in einer Sekunde, heute noch, vielleicht morgen, es war nahe, sie fühlte es. Vor ihr der Berg und unten das Schieferhaus. Ein winziges Pünktchen im Flimmermeer der Schicksale, das grazil aufhellte, wenn es hier vorbeikam, das wünschte sie, möchte bleiben von ihrem Erdengang.

Das Haus hatte keine Klingel. Wenn man hineinwollte, musste man die Bewohner mit Namen rufen
oder mit einem Eisenring, der wie ein Schafskopf
aussah, feste an die Tür klopfen. Es war nicht gesagt, dass geöffnet wurde.

Drinnen im Haus rauschten zwei Blasebälge,
die die Einlasszeichen von draußen verschluckten.
Auch Charlott, die mit den lärmenden Arbeits-
geräten der Eltern nichts zu tun hatte, erreichten
die Rufe und Klopflaute nicht, obwohl man hätte
annehmen können, dass die feinnervige Arbeit, die
sie verrichtete, sie sensibel machte für jedes noch so
ferne Geräusch.

Charlott bemalte Rohlinge aus Porzellan mit Blumen, Blüten und Schmetterlingen. Der Kontrast
zum Geheul der Blasebälge, der sich aus dem sachten Umgang mit dem Malerpinsel ergab und aus den
leisen Bewegungen, mit denen das Porzellan gedreht
und gewendet wurde, war augenfällig. Der Arbeits-
lärm hatte viel zur Charakterlage der Hausbewoh-

ner beigetragen. Die Rede der Alten war polternd, das Wesen von Charlott sanft und schlichtend. Was half das aber alles, wenn man draußen stand, wie der Postbote, und in das Haus hineinwollte und nicht hineinkam, und seine Zeit verplemperte.

Das Haus, lang hingestreckt wie eine Remise, in dessen Schieferwände aufgehende Sonnen kunstvoll eingelegt waren — oder waren es untergehende? —, war nicht über einen anderen Eingang zu erreichen. Also wappnete man sich mit Geduld. Immerhin schleppte der Postbote seit dreißig Jahren Pakete in dieses Haus, Monat für Monat, und immer an einem bestimmten Kalendertag. Er konnte sich noch an das glänzende Emailleschild erinnern, das über dem letzten Türpfosten angebracht war.

MAX MOLKE

ZIGARREN, ZIGARETTEN, TABAKE,

LEBENSMITTEL UND KOLONIALWAREN EN GROS

hatte darauf gestanden, und es war lange her, sehr lange, seitdem das verschwunden war und mit ihm Molke, der zugereiste Großsprecher aus einem fränkischen Bierbrauernest.

Nochmals schepperte der Postbote am Treppengeländer, krachte den eisernen Schafskopf an die Tür und rief: »Rauskommen, Charlotte!« Er benutzte die derbe Form ihres aparten Namens und freute sich, als dies Wirkung zeigte. »Das Paket von Max ist da«, sagte er, als ihm Charlott im Türrahmen entgegentrat. Dann folgte die übliche Zeremonie: »Danke, Paul«, ein Händedruck, ein Markstück in die flache Hand, drei Sätze über Wetter und Unfälle, und vorbei war es mit der Konversation.

Die Sprödheit zwischen Charlott und dem Postboten hatte eine lange Geschichte. Wann war es, musste er denken, dass das Eis gebrochen war und er das erste Mal mit Charlott tanzte? Wie lange lag es zurück, dass er ihr nachstellte, wenn sie aufs Feld ging, Heidelbeeren suchte oder die Gläser und Perlen über Land trug, die ihre Eltern an den Blasebälgen erzeugten? Er hielt sich die vielen Versuche auf Vorrat, die er gemacht hatte, um an sie heranzukommen, um ihr nahe zu sein, und die strengen Abweisungen auch, die er erfahren und die ihm durch nichts begründet erschienen. Es waren vergeudete Jahre, überlegte er, als er probierte, ihr zu imponieren. Er versuchte es in langen und in kurzen Hosen, in Knickerbockern und feinen Gamaschen, mit Krawatten und Fliegen und feschen Schnüren am seidenen Hemd, mit Westen und Pullovern, in Schürzen und Arbeitsjacken, und wenn er daran dachte, dass er fast im Monatstakt auch noch seine Haarschnitte veränderte, um ihr verschiedene Gesichter zu zeigen, wurde ihm speiübel. Es war erniedrigend, dass Charlott die wechselnden Physiognomien nicht wahrnahm, die er ihr anbot. Der besessene Klamottentausch und der clowneske Haarschnittwechsel gingen spurlos an ihr vorüber. Fast erleichtert nahm Paul Köhler deshalb die Ankunft des schönen Molke im Dorf auf, der Charlott auf einem Kirmesball im Sturm eroberte. Endlich ließen ihn die traumatischen Zustände los, die Erfolglosigkeit erzeugten, und er konnte aus der diffusen Umklammerung dieses Mädchens wieder zu sich selbst zurückkehren.

Als er den unsichtbaren Faden zerschnitt, den er selbst gesponnen und den Charlott nicht aufgenommen hatte, war ein schöner Herbsttag. Paul hatte sich ins Oberland zurückgezogen. Das Dorf lag ihm zu Füßen. In den prallen Kiefern badeten die Kohlmeisen in der Sonne und genossen die letzte Wärme des Jahres. Harmlos lärmend schlichen sie sich fort in einen neuen Winter. Spielerisch wechselten sie die Jahreszeiten. Sie trieben sich gegenseitig vorwärts, indem die eine genau auf dem Punkt landete, von dem eine andere startete, und alles geschah im selben Augenblick, und nichts sah nach Verdruss oder Vertreibung aus. Das Blau des Himmels war wie frisch gewaschen. Wenn einmal ein Wolkenberg die Sonne verscheuchen wollte, schob ihn ein anderer wieder fort. In fieberhafter Helle strahlte der Himmel in tiefe Fernen. Sein Abglanz reinigte Gehirn und Nerven.

Obendrein beleuchtete er die abertausend wackeren Abschiede, die sich in den südlich ziehenden Schwärmen der Singvögel und in den wohlgeordneten Keilen der Schneegänse vollzogen. Was Wunder, dass in dieser Stimmung Paul Köhler Harmonie tankte, den Schmerz abwarf und die Erinnerungen an die Vergeblichkeit auch.

Am Tage nach dem Auftauchen des fränkischen Buhlen gewannen die handfesten Dinge des Lebens in seinem Kopf wieder die Oberhand. Plötzlich sehnte sich der Thüringer nach einem guten Kartoffelkloß und einer Flasche Lagerbier, und weil er dies in trauter Häuslichkeit am liebsten genoss, heiratete er schon wenige Wochen darauf, überstürzt, wie die Leute meinten, die Tochter eines Sägewerksbesitzers namens Lisa, von der man sich hinter vorgehaltener Hand zuraunte, sie würde wohl nie mehr einen abbekommen. Mit ihr setzte er zwei Kinder in die Welt, einen Jungen und ein Mädchen, und dann zerbrach die Liaison an der Ungleichheit der Partner. Als nach Jahren auch die juristische Verabschiedung aus dieser Ehe stattgefunden hatte, fühlte sich Paul Köhler als einsamer Mann, und nur aus der Wahrnehmung, dass etwa zur gleichen Zeit am Hause von Charlott das Kaufmannsschild abgerissen wurde, schöpfte er ein wenig Zuversicht.

Als die Emaille mit der Aufschrift

MAX MOLKE
ZIGARREN, ZIGARETTEN, TABAKE
LEBENSMITTEL UND KOLONIALWAREN EN GROS

am lang hingestreckten Schieferhaus verschwand, war Charlott vierzig Jahre alt.

Aufgewachsen in einer der schönsten Gegenden Thüringens, hatte sie schon vier deutsche Reiche erlebt. Noch immer wusste sie nicht, ob eins davon für ihr Leben vorteilhaft gewesen war. Genau genommen hatte jedes ein anderes Unglück gebracht. Als sie ein kleines Kind war, marschierte der Vater nach Russland und kam mit lädierten Knochen zurück. In der Inflationszeit verlor die Familie durch ein Ungeschick die Hälfte ihres Landes an einen Großbauern und einen großen Holzschlag an einen dreisten Sägewerksbesitzer. Die Nazis steckten die Mutter für Wochen ins Gefängnis, weil sie dem Chef der im Dorf ansässigen Thermosflaschenfabrik die Gefolgschaft verweigert und stattdessen eine fatale Arbeiterlosung an das Fabriktor gekreidet hatte. Nun, im vierten Reich, riss ihr der Mann aus und flüchtete von einer Landeshälfte in die andere, und keiner, der danach gefragt wurde, wusste einen plausiblen Grund zu nennen, warum es zu dieser Abkehr gekommen war.

Max Molke war ein Mann wie aus einem Modejournal, groß und stark und stolz bis zur Widerlichkeit. Seine tiefblauen Augen glotzten groß und zudringlich, so dass man glaubte, etwas auf dem Kerbholz zu haben. Als der pechschwarze Bursche im Dorf auftauchte, zu einem Kirmesball, kam er mit einem Motorrad, einer bemerkenswerten Maschine, in kleinkarierten Knickerbockern, mit gelbem Blazer und einer gelben Fliege. Auf dem Kopf trug er eine

Schirmmütze, wie man sie sonst nur im »Beamten-freund« oder in »Vobachs Modeheften« abgebildet gesehen hatte.

Auf dem Dorfsaal hielt man den Atem an. Die Balldamen waren aufgeregt. Jede erwartete, je nach Mentalität, den Angriff des Fremden mit Gier oder Scheu. Die Mütter auf den Saalemporen verfolgten das Geschehen mit Anspannung. Max musterte die Szene und legte sich fest. Seine Wahl fiel auf Charlott, auf das zurückhaltendste und doch auffälligste Mädchen im Saal. Er ließ sie nicht mehr los, bis der Ball zu Ende war.

Am nächsten Tag sprach das halbe Dorf von dem Eindringling. Man war sich einig, dass es ein un-anständiger Auftritt gewesen war. Man legte sich nicht auf eine einzige Dame fest, wenn man zur Kirmes ging, monierten die Ballmütter. Und ohne-hin gab es an dem fränkischen Aufschneider genug auszusetzen: die bunten Kleider, die dicken Zigar-ren, die er wie ein Fabrikbesitzer oder wie der feiste Apotheker aus dem Nachbardorf genießerisch wegpaffte. Und dann hatte er die einheimischen Biere verabscheut und fast zornig nach fränkischem Wein verlangt. Wie auch das Ballerlebnis resümiert wurde, seit diesem turbulenten Abend knatterte die bemerkenswerte Maschine jede Woche einmal durchs Dorf, und eines Tages hieß es, in Bälde sei Hochzeit im Glasbläserhaus.

Max faszinierte an Charlott der dicke schwarze

Zopf, den sie hinab bis auf die Schultern fallen ließ oder zu einem festen Knoten bündelte. Angetan hatten es ihm die wunderbaren Hüte, die sie trug und die sie wie eine Königin präsentierte. Ihre bodenständige Vornehmheit stand in Einklang mit der feingliedrigen Erscheinung, von der man meinte, dass Unmut oder Bosheit davon nie ausgehen könnten. Einen Fehler freilich hatte sie. Sie hatte ein krummes Rückgrat, eine leichte Verbiegung nur, aber immerhin einen Makel, den sie nur durch geschickte Selbstschneiderei ausgleichen konnte. Wenn sie am Sonntag in die Kirche ging, legte sie erst ein schmales Kissen auf das rechte Schulterblatt, bevor sie das feingestreifte graublaue Kostüm anzog, das sie in Verdacht gebracht hatte, die noblen Stoffe direkt aus England zu beziehen. Erst dann war sie geglättet.

Die unauffällige Verkrüppelung schleppte sie seit frühesten Kindertagen mit sich herum, und wenn sie es aus sparsamen und flüchtigen Erzählungen der Eltern richtig herausgehört hatte, dann musste diese aus einem stürmischen Gefecht herrühren, das sie – noch nicht zwei Jahre alt – mit ihrem um drei Jahre älteren Bruder ausgetragen hatte, bei dem sie die Haustreppe herunterstürzte und auf einem kalten Stein wie gelähmt liegen blieb. Das Ungemach wurde aus der Familiengeschichte ausgeblendet. Mit den Folgen musste sie selbst fertig werden. Noch nie war ihr das so schwergefallen wie zu dem Zeitpunkt, als Max Molke sie erobert hatte. Sie dachte sich in Szenen hinein, die ihr den kalten Schweiß aus den Poren trieben, denn der Mangel konnte nach der ersten Berührung entdeckt werden. Sie rief die Märchen der Kindheit zu Hilfe und baute in ihrem kleinen Schlafgemach viele trostreiche Gegenstände auf, die ihre Not vertuschen konnten: Wunderlampen, Vexierspiegel, Zauberringe, und sie glaubte an die Möglichkeit der Unsichtbarmachung. Jedenfalls wunderte sich der junge Mann, der sich auf längere Bleibe einrichtete, nicht, als ihm in der Hochzeitsnacht bedeutet ward, dass sie, Charlott, ihre Kleider aber nur im Dunkeln abstreife, weil, wie sie glaubhaft machen wollte, der Pyjama ein letztes Geheimnis bewahren müsse.

Max Molke war ein Ausbund an Geschäftigkeit. Noch bevor ihn jemand hindern konnte, hatte er das Glasbläserhaus umgekrempelt. Im Untergeschoss richtete er einen Laden ein, der en détail alles das aufnahm, was er auch im großen Stil, en gros, in der ganzen Südthüringer Gegend vertrieb und wovon seit kurzem ein auffälliges Emailleschild über dem Hauseingang Kunde tat. Der junge Zigarren-, Zigaretten-, Tabake-, Lebensmittel- und Kolonialwarenhändler hatte die Kaufmannsmanieren in einem stark nach Pfeffer und Zimt duftenden Comptoir einer Nürnberger Lebkuchenfabrik erlernt und war – nachdem er die Lehre beendet hatte – vom Patron einer dort ansässigen Schnaps- und Schokoladenmanufaktur als Talent entdeckt und schließlich als Volontär der Geschäftsleitung für die Nachfolge des kränkelnden Fabrik- und Handelsherrn ausgesucht worden. Max Molke vermutete dahinter eine dunkle Absicht, die er bestätigt glaubte, als er eines Morgens in stark alkoholisiertem Zustand in den Privatgemächern der leicht überkandidelten Haustochter erwachte und mit gezuckerten Lebensaussichten bestreut wurde.

Er verließ die fränkische Metropole mit Wehmut und über Nacht und gedachte, fortan als Kaufmann in eigenem Namen zu handeln. Seine Kenntnisse in der Handelsarithmetik, den gewieften Umgang mit Einkaufs- und Verkaufspreisen, mit Zins und Kontokorrent und seinen schon ansehnlichen Fundus an Kaufmanns- und Kundenbekanntschaften schleppte er in das Glasbläserhaus und etablierte sich in kurzer Frist unter der Hautevolee des kleinen Marktfleckens. Schon bald durfte er am Stammtisch der dörflichen Oberklasse in Erikas Biertunnel Platz nehmen und die Späße der Porzellan- und Glasfabrikanten, des Försters und des Drogisten mit sprudelnden Lachkanonaden gutheißen. Er durfte zetern und wettern, wenn der Doppelkopf falsch gespielt wurde, und sich über die Ausschweifungen der kleinen Leute, vor allem der Holzfäller und Pflanzfrauen, lustig machen. Er erhielt einen Jagdschein und kaufte sich eine Schrotflinte, und die bemerkenswerte Maschine, mit der er ins Dorf gekommen war, vertauschte er gegen einen Opel P4, den freilich sein Schwiegervater herablassend als ledernen Schweinestall demütigte.

Max indes wirbelte weiter frische Luft durch das Glasbläserhaus. Das Obergeschoss und die ausgedehnten Bodengewölbe verwandelte er in Lagerräume für seine finessenreichen Einkäufe. Bald konnte man vor Regalen, Schachteln und Kartons, Büchsen, Dosen und Fässern mit feinen Aufschriften heimischen und fremdländischen Ursprungs kaum noch treten. Verwirrend war der Duft aus fernen Gärten und Landstrichen, der einem beim Betreten des Hauses entgegenwehte, und man brauchte relativ wenig Geld, um an den veritablen Genüssen teilzuhaben, die die zahllosen Kaffee-, Tee- und Tabaksorten, Kakaopulver, Gewürze, Fruchthölzer und Schokoladenkreationen versprachen.

Charlott wurde von dem sonderbaren Aroma dieser Warenwelt ganz gefangen genommen, und so schmerzte es sie nicht, dass sie die Porzellanmalerei an den Nagel hängen und sich von der aggressiven Warenkrämerei ihres Mannes in Dienst nehmen lassen musste. Auch schluckte sie es ohne Bestürzung, dass Max die Bewegungsfreiheit in ihrer gemeinsamen Privatwohnung immer mehr einengte, weil er auch dort noch vorhandene Freiräume mit Waren zustellte. Er versprach ihr ohnehin ein komfortableres Haus, sobald die Einnahmen dazu reichten. So genoss sie mit Heiterkeit die würzige Expansion und machte sich bei der Kundschaft nützlich, indem sie sich genau informierte, in welchen Gegenden und Fabriken die Waren produziert wurden oder ihren Ursprung hatten, um danach blumenreich zu beschreiben, wie die hellen oder dunklen Punkte auf dem Globus aussahen, die den von Max gehandelten Markenprodukten den Namen gegeben hatten. In facettenreichen Gedankenspielen führte sie ihre Kunden nach Salzburg und Siebenbürgen, nach Venedig und in die ungarische Puszta, in die westindischen Tabakfelder und in die kanadischen Rocky Mountains, nach Bagdad und Kalkutta und in die grusinischen Teefelder am Rande Asiens. Mit Leichtigkeit konnte sie die eine oder andere Gegend in den Rang von Paradiesen erheben oder zu Höllen brutaler menschlicher Erniedrigung herunterspekulieren.

Es sprach sich herum, dass Max Molke nicht nur einen anspruchsvollen Großhandel hatte, sondern auch eine gebildete Frau, von der man etwas über die Welt erfahren konnte, das über den Horizont der Südthüringer und nordfränkischen Bergbewohner hinausging. Max Molkes Geschäft blühte. Er erwarb zusätzlich die Teilhabe an einer Essenzendestillerie, und Charlott schmückte sich mit den originellen Schöpfungen einer Stoffblumenfabrik, die im nahen Residenzstädtchen ihr Domizil aufgeschlagen hatte. Die seidenen und samtenen Buketts, klein und zierlich wie sie selber, knöpfte sie sich an die Revers ihrer noblen Kostüme oder an die Dekolletés ihrer feinsinnig taillierten Kleider, um die Sonnenseite ihrer Erscheinung zu betonen und von der sanften Verbiegung ihrer rückwärtigen Partie abzulenken.

So gingen die Jahre ins Land. Max Molke wurde eines Tages in ein Wehrertüchtigungslager nach Marburg einberufen und von dort zu einem Spähtrupp nach Polen geschickt. Er verschwand spurlos während der schweren Kämpfe im Kursker Bogen und tauchte erst Jahre nach dem Krieg zerlumpt und abgerissen wieder auf. Die Vorräte seiner famosen Großhandlung waren verbraucht, gute Kunden und befreundete Kaufleute in alle Winde zerstoben oder auf Europas Schlachtfeldern verscharrt. Die er antraf, hatten Hunger und Durst und eine seltsame Gier nach Betäubung. Er reaktivierte mit seinem Teilhaber die Essenzenbude und brannte fatalen Schnaps für die kleinen Leute, aber den auf Teufel komm raus. Die Ingredienzien für die feineren Mischungen, die er für die Liköre, Kümmel und Magenbitter der besseren Herrschaften brauchte, ätherische Öle, Punsch- und Limonadenextrakte, Farb- und Bitterstoffe und Gewürze, holte er aus Westberlin, weil ohne diese Stoffe fuselfreie oder fuselarme Kompositionen nicht herzustellen waren.

In der »Zone« gab es diese Verfeinerungsaromen nicht, auch nicht, nachdem daraus eine neue Republik geworden war. So geriet er — als Schwarzhändler etikettiert — in das Visier der Volkspolizei und einer russischen Kontrollbehörde, schiss vor Angst ganz dünne Fäden in die Hosen und rannte in einer Nacht von der russischen Zone in die amerikanische, von seinem Thüringer Großkaufmannsrevier zurück in seine Nürnberger Lehrlingswelt. Im Gepäck hatte er neben ein paar flink zusammengerafften Klamotten die junge Polizistin, die ihm den Wink gegeben hatte, dass er auffällig geworden sei und die ihrer denunziatorischen Tätigkeit längst überdrüssig geworden war. Er hatte sie in einer Berliner Bahnhofswirtschaft übermüdet aufgelesen und sie zu dem nicht ungefährlichen Trip über den Kamm des Thüringer Waldes überredet.

In einem unbeschreiblichen Anfall von Zorn riss Charlott mit dem Brecheisen und einem einzigen Ruck das Emailleschild aus der Verankerung, das Max Molkes Großhandlung plakatiert hatte, als sie von seiner Flucht erfuhr, und warf es in die hinterste Ecke des dem Glasbläserhaus angefügten Scheunentraktes. Ohne sich langwierig zu bedenken und ohne die geringsten Anzeichen von Versöhnungskraft beantragte sie die Scheidung. Ihren Jungen nahm sie von der Schule. Er musste einen

Beruf erlernen. Ein Studium schien ihr nach diesem Familiendebakel hinfällig geworden zu sein. Selber kramte sie die alten Malutensilien wieder hervor, Drehscheiben, Pinsel, Paletten, Farbtuben und Farbbücher, ließ Geschäftsfrau und Geschäftswelt ein vergessenes Phantom werden und gliederte sich wieder fügsam in die kleine Kolonne von Porzellanmalern ein, die den Ort mit ihrem kunstvollen Handwerk in halb Europa bekannt gemacht hatten. Beim genauen Hinsehen gewann man allerdings den Eindruck, dass das Spezialdekor von Charlott, die Blumen, Blüten und Schmetterlinge, jetzt ein wenig trauriger aussahen als ihre Malereien aus der Jugendzeit, die den zerbrechlichen Zierrat mit Wärme und Heiterkeit ausgeschmückt und Charlott in den Ruf einer frohgelaunten und preziösen Künstlerin gebracht hatten.

Sie arbeitete verbissen. Mit Arbeitswut betäubte sie die Scham und die Zerrissenheit, die in ihr waren. Die Planken bemalten Porzellans, die sich von Tag zu Tag höher aufstapelten, betrachtete sie selbst als das Werk einer Besessenen. Sie hoffte, wenn sie durch diese selbst gewählte Arbeitshölle hindurch war, gewissermaßen auf der anderen Seite, mit verjüngten Gefühlen und einem klaren Kopf herauszukommen. Aber wie lange konnte das dauern? Erleichternd für ihre Betrübnis empfand sie es nicht, dass, nachdem der Fortgang von Molke in der Gegend ausführlich kolportiert worden war, sich die Freier vergangener Tage wieder meldeten und sogar neue Bewerber auf den Plan traten, um Max Molkes verlassenen Platz zu besetzen. Sie fanden Charlott und das Glasbläserhaus attraktiv genug, um sich mit schillernden Offerten zu illuminieren.

So wollte ihr ein Orthopäde aus einer nahen Puppenstadt sein ansehnliches Vermögen zu Füßen legen, wenn sie einer Liaison zustimmte. Ein Schmetterlingssammler versuchte, sie zuerst mit aufgespießten Insektenleibern zu neuen Motiven für die Porzellanbemalung zu überreden und sie dann von seiner Liebe zu überzeugen. Ein alter Haudegen aus der Weimarer Zeit lockte mit einem waldreichen Grundstück, das ihm durch gefährliche Spekulation während der Inflation zugefallen war. Krammetsvögel und Seidenschwänze brachte als besondere Leckerbissen ein begnadeter Jäger ins Haus, um sie zu einer gemeinsamen Schlemmerei zu verführen. Der noch immer ledige Schreiner baute ihr einen nagelneuen, mit farbigen Leinenbändern bezogenen Schlitten und lud sie für die hellen Nächte zu rasanten Fahrten in den Winterberg ein.

Ganz und gar verdutzt war sie über die Verrücktheit des Postboten. Paul Köhler, der sich in ihrer Jugend mit blamablen Verkleidungen schon einmal erfolglos um ihre Gunst bemüht hatte, hatte sich einen neuen seltsamen Trick einfallen lassen, den sie erst nach langen und energischen Denkübungen durchschaute. Er brachte ihr jede Woche von wechselnden Absendern ein kleines Paket ins Haus. Einmal war ein Stück Butter darin, ein anderes Mal ein Glas Marmelade, in einer Woche kam ein Topf Bienenhonig, in der nächsten ein Glas eingekochtes Kaninchenfleisch, alles Dinge, die sonst nur auf dem Schwarzmarkt oder bei einem gutbefreundeten Bauern zu erhaschen waren.

Es war rührend, mit welcher Prägnanz offenbar jemand ihre Bedürfnisse beobachtete, und da von eingemachten Preiselbeeren bis zur Luftpumpe, die gerade an ihrem Vorkriegsfahrrad fehlte, vom eisernen Bügeleisen bis zum Säckchen Kartoffeln ihr über Monate hinweg eine bunte Geschenkpalette ins Haus flatterte, konnte sie lange den oder die Verursacher nicht einmal mit bestem kriminalistischen Spürsinn ermitteln. Erst als der Postbote ihr ein Paket zustellte, in dem sich ein dichtgeknüpfter Sommerstrauß befand, und er unvorsichtig einen scheuen Glückwunsch zu ihrem Geburtstag hervorstotterte, bestätigte sich ein vager Verdacht. Sie wusste plötzlich, aus welcher Richtung der Wind wehte. Das nächste Paket, das ankam, verweigerte sie. Paul Köhler sackte in sich zusammen. Charlott merkte augenblicklich, dass sie eine Hoffnung zerstörte, aber sie musste dieser Maskerade ein Ende machen, zumal längst ein bedeutender Entschluss in ihr herangereift war.

Max Molke hatte sich in Nürnberg etabliert. Kometengleich war er in einem Großhandelsunternehmen in der Stadt unter der Burg in Jahresfrist bis in den Geschäftsleitungsbereich aufgestiegen. Die junge Volkspolizistin aus der Berliner Bahnhofswirtschaft führte ihm den Haushalt und drängte auf Heirat. In dieses erstrebte Glück hinein platzte ein Brief, der Molkes Thüringer Geschäftsadresse als Absender trug. Charlott schrieb kühl und sachlich, dass das Dach des Glasbläserhauses repariert werden müsse, Schiefer seien inzwischen auf krummem Wege beschafft, aber es hapere an Schiefernägeln, und die seien trotz eines sorgsam aufgebauten und ausgetüftelten ostdeutschen Beziehungsgeflechts nirgends aufzutreiben. Er möchte drei Kilogramm davon in der Sortierung dreißig Millimeter besorgen. Die Nägel kamen prompt. Sie wurden an einem 25. August der aufgeregten Charlott vom verbitterten Postboten Paul Köhler ausgehändigt. Der Vorgang bedeutete eine Markierung. Fortan erhielt Charlott an einem jeden 25. des Monats ein Paket aus Nürnberg, und zwar so termingenau, dass man einen Kalender danach hätte einrichten können.

Die Pakete hatten ein gleichmäßiges Aussehen und waren stets akkurat gepackt. Charlott staunte, dass sich die unbekannte Polizistin für die sitzengelassene Altliebe von Max Molke so viel Mühe gab, denn sie musste vermuten, die perfekte Form der freundlichen Sendungen könne von ihr besorgt worden sein. Jedes Paket enthielt ein maschinen-schriftliches Inhaltsverzeichnis, Inhaltsverzeichnis unterstrichen, darunter das Bekenntnis »Geschenk-sendung, keine Handelsware«, und sonst keine andere Mitteilung. Eingepackt waren Kaffee, Kakao, ein paar Schokoladen, Reis, französischer Käse und Gewürze, viele Gewürze, häufig im gleichen Cellophan, nur wenn Festtage in den Monat fielen, war ein Bündel Apfelsinen draufgesattelt, in einem rosé-farbenen Säckchen.

Charlott bedankte sich seit dem Eingang der Schiefernägel schriftlich für die Ankunft der Sen-dungen, und je weiter die Zeit fortschritt, umso mehr nahmen ihre Briefe die Form von Zustands-beschreibungen an, so dass Max Molke verblüffend gut unterrichtet wurde, wie es in der alten Heimat aussah, welche Schicksale zu beneiden, welche zu bedauern waren. Von ihm kam freilich kein Wort, aber dass Charlott mit ihm im Gespräch war, das sah sie daran, dass er auf jeden Wunsch einging, den sie über den gewohnten Inhalt der monatlichen Alimentierung hinaus äußerte, der also die Routine sprengte.

Auf diese Weise kam über die Jahre hinweg ein Arsenal seltener Waren zusammen, in das Charlott mutwillig hineingriff, wenn im Ort ein Engpass zu schließen war. Ob Fahrradketten oder Stahlnägel, ein guter Wetzstein oder ein Treibriemen, Schrank-beschläge oder Rasiermesser fehlten, Charlott hatte die begehrten Gegenstände, wenn sie gesucht wurden, und sie machte sich einen Namen damit, dass sie diese vorteilsfrei weitergab. Die Lebensmittel und Spezereien, die Max schickte, bekam ohnehin der Junge, der nun doch einen Weg gefunden hatte, zu studieren, deutsche Geschichte, sagte er, aber was sollte das nützen? Sie kümmerte sich um den Alltag und maßregelte Max mit Wunschzetteln, die der geflüchtete Mann – seltsam genug – auch immer brav abarbeitete. Die Mausefallen, Sanduhren, Taschenmesser, Feueranzünder, Büchsenöffner, Korkenzieher, Flaschenreiniger, Gummiringe für Einweckgläser und die hundert anderen sonderbaren Artikel, die in dem armen Land gesucht wurden wie Stecknadeln im Heuhaufen und die sie auf Bestellung erhielt, schaffte sie in die erste Etage des Glasbläserhauses und beschriftete sie mit dem Tag des Wareneingangs.

Das war ein Zeremoniell, das ihr Spaß machte und sie schließlich dazu verführte, die immer beträchtlicher werdende Ansammlung weiter zu systematisieren. Sie schrieb kleine Schilder aus: Fahrradersatzteile, Nähmaschinenzubehör, Chemische Gebrauchsartikel, Toilettenspiegel, und das alles hatte sie tatsächlich und mehrfach, aber auch Artikeln, die nur einmal vorhanden waren, gab sie einen Pluralis Majestatis, einen Tick von Erhabenheit: Ohrenschützer hieß es, Hosenträger, Haarschneidemaschinen, Rasiergarnituren, Zigarrenscheren und so weiter. Schließlich stellte sie Schilder auf, hinter die die Gegenstände erst noch besorgt werden mussten: Menagen, Kehrschippen, Kuchenheber, Manschettenknöpfe, Angelschnüre, Farbkästen, alles Produkte, die den Leuten fehlten und deren Namen sie mit seismographischem Feinsinn speicherte, wenn sie diese im Gespräch im Konsum, in der Bäckerstube oder während des Kirchgangs aufschnappte. Gefährliche Wege gingen ihre Gedanken, wenn sie auf ihre schmalen Etiketten plötzlich Worte wie Silberlöffel, Brillantringe, goldene Uhrketten oder Jagdbüchsen niederschrieb. Sie wusste nicht, wie sie Max diese unbescheidenen Erwartungen beibringen sollte.

Mit dem Wachstum ihres umfangreichen Warensortiments ging eine charakterliche Mutation einher, die Sorge machte. Die freundliche und wohlfeile Weitergabe von Dingen, die sie besaß und die ihre Umgebung entbehrte, wurde seltener. Wenn ein Freund oder Nachbar sie ansprach, ob sie nicht dieses oder jenes hätte, woran bei ihm Not war, verschluckte sie schnell den Wunsch, begrub ihn aber nicht in der Kammer des Vergessens, sondern aktivierte ihn auf der nächsten Wunschliste an Max Molke.

Derweil perfektionierte sie ihr Auszeichnungssystem. Auf manche Schilder schrieb sie zusätzlich »Auf Wunsch gratis und franko zugesandt«, auf andere »Beschädigt eingegangen« oder »Vom

Umtausch ausgeschlossen« oder auch »Nur in see-
mäßiger Verpackung weiterzugeben«, seltsam be-
rührende Vokabeln und Sentenzen, die man leicht-
fertig als eine beginnende Verwahrlosung ihrer Ge-
dankenwelt hätte auffassen können.

Das Firmenschild

MAX MOLKE
ZIGARREN, ZIGARETTEN, TABAKE
LEBENSMITTEL UND KOLONIALWAREN EN GROS,

das sie vor Jahren wütend in die hinterste Scheu-
nenecke geschmissen hatte, kramte sie wieder hervor, säuberte es mit einer Seifenlauge und schrieb
mit schwarzer Kreide eine neue Zeile hinzu, nämlich »sowie Haushaltswaren und andere Gebrauchsartikel«. Sie ließ der Emaille einen Eisenstab und
einen Holzfuß anmontieren und stellte das Schild
am Treppenausgang zur oberen Hausetage auf, so
dass das eigensinnige Refugium nun endlich bezeichnet war. Neben Haushaltswaren und anderen
Gebrauchsartikeln hatte sie seit längerem auch Lebensmittel und Kolonialwaren gehortet, nachdem
ihr Junge als Abnehmer für diesen Teil der West-
pakete ausgefallen war, und zwar mit einer Begrün-
dung, die sie nicht verstanden hatte. Er hatte sie
wissen lassen, dass er als armer Bruder nicht mehr
angesehen werden wollte und gern auf die Nürnberger Almosen verzichte, zumal sie ohnehin nichts
anderes seien als putzige kapitalistische Leckerlis.
Das war offenbar ein Resultat seiner Verirrungen in

die deutsche Geschichte, die den praktischen Sinn für Alltag und deutsche Normalität abhandenkommen ließen.

Charlotts Schmerz über diese jugendliche Unart war kurz. Sie vergrößerte ihre Sammel- und Bezeichnungswut. Den aufgestauten Lebensmitteln und Kolonialwaren verpasste sie Schildchen, die nicht nur in Kurzform die Packungsreklame wiederholten, sondern zusätzliche und manchmal ahnungsreiche Informationen enthielten. Auf das Schildchen für den Darjeeling-Tee schrieb sie: »Erprobt bei Herzschwäche«, auf das für die Milka-Schokolade: »Besser als Mauxion«, und auf das für das umfängliche Gewürzsortiment krakelte sie den Ausrufesatz: »Nicht miteinander vermischen!« Zum Teil erfand sie bedenkliche Prädikate. Auf das Kokosfett kratzte sie die Unterzeile »Russische Machart«, und auf einem mittelscharfen Senf der Firma Mutzenhof vermerkte sie »Vorsicht, Abführmittel«.

Ein Nachbar, den sie einmal einen kurzen verstohlenen Blick in die gefüllten Räume und Vorratskammern hatte werfen lassen, war wortlos und kopfschüttelnd ins Freie gestürzt, und als er im Konsum zögernd etwas von seinem Erlebnis weitergeben wollte, tat man, als würde er Eulen nach Athen tragen wollen. Denn schon seit langem beobachtete man, dass Charlott damit begonnen hatte, die Lücken, die der westliche Warenstrom aufließ, mit Landesprodukten zu schließen. Sie kaufte unentwegt dazu, was der örtliche Laden hergab, Mehl und Butter, Gewürzgurken und saure Sahne, Kekse, Marmelade, Schweinefett und Brühwürfel, und wenn der Konsumleiter zaghaft nachfragte, wofür sie den Wust an Waren brauche, dann bedeutete Charlott ihm, er solle sich keine Sorgen machen, es habe schon alles seine Richtigkeit. Vielmehr konzentrierte sich Charlott darauf, auch den Bereich, der im Geschenkangebot von Max Molke und innerhalb der eigenen Beschaffungskünste zu kurz gekommen war, noch nachhaltig aufzufüllen. Nach Nürnberg teilte sie mit, dass in das Geschenksortiment aus leicht einleuchtenden Gründen Zigarren, Zigaretten und Tabake aufgenommen werden müssten. Zwar seien die Eltern nicht mehr am Leben, für die sie diese Genussmittel hätte reklamieren können, aber, so argumentierte sie, gute Zigarren, amerikanische Zigaretten und westindische Tabake seien ein vorzügliches Tauschobjekt, für das sie Schiefer, Bretter, Kohlen und andere wichtige Güter einlösen müsste, die zum Leben gehörten. Auch hätte sie einem alten Fischhändler, der ihr manchmal einen geräucherten Bückling zusteckte, gern einmal ein würziges Stückchen Kautabak als Gegenleistung zugeschoben. Im nächsten Paket von Max Molke befand sich ein irdenes Gefäß voller Prieme, auf dem eine Herstellerfirma eingebrannt war, der Charlott schon in den glanzvollen Großkaufmannstagen vor dem Krieg begegnet war, und da überkam sie eine eigentümliche Wehmut. Sollte Max Molke, ihr Max, pechschwarz, blauäugig und bohrenden Blicks, vielleicht heimliche Zeichen geben oder gar absichtsvoll die Meridiane wieder aufsuchen, auf denen sich ihre Wege gekreuzt hatten? Wie wenig wusste man doch vom Leben.

Es war Eile geboten, ihr Lager weiter aufzurüsten, und so verbesserte sie nicht nur mit Molkes Hilfe die Bestände an Zigarren, Zigaretten und Tabaken, sondern sie schaffte aus dem heimischen Konsum neue Produkte heran, die den Fundus aufblähten. Raps- und Sonnenblumenöle kamen hinzu, Fischkonserven, diverse Bonbonsorten, Malzbiere, Kartoffelstärke, Puddingpulver und anderes. Neben der Lebensmittelabteilung erhielt auch das Sortiment Haushaltswaren Zuwachs, vor allem an Seifen, Waschmitteln und Cremen, und aus zweiter Hand kaufte sie Hosenträger, Schirmmützen, Fliegen, Kavalierstaschentücher und Gamaschen, weil das Lieblingsutensilien von Max Molke gewesen waren.

Einige Dorfbewohner glaubten, an Charlotts Wesen eigenartige Veränderungen wahrzunehmen. Manche, die sie in ihren langen, steingefliesten Hausflur hatte eintreten lassen, hatten die Hände über dem Kopf zusammengeschlagen und »Um Gottes willen, Charlott« gemurmelt, weil dort kein Reiskorn mehr zur Erde kam.

Der Postbote hatte, als sich ihm das Chaos andeutete, versucht, Charlott von dem Sammelzwang abzubringen, aber sie hatte sich scheu von ihm abgewandt und die Haustür zugeschlagen. Als er mit dem nächsten Paket von Max Molke am Treppengeländer stand und darauf wartete, dass ihm Charlott die Tür öffnete, wollte er noch einmal auf sie einreden und ihr geradeheraus sagen, dass die Leute bereits Glossen machten über ihre eigentümliche Vorratshaltung und wichtigtuerische Hamsterei, die sie einesteils zu verheimlichen trachtete, andernteils aber, wenn sie ins Schnattern geriet, wie eine Marktschreierin feilbot. Aber Paul Köhler kam gar nicht dazu, ihr ins Gewissen zu reden. Charlott schnitt ihm das Wort ab und beruhigte seine wunde Seele mit der Herausgabe von drei edlen Zigarren, die zu genießen sie ihm empfahl, wenn er seine sonntäglichen Spaziergänge durch den Sommerberg mache. Der Postbote hielt sich nicht an diese Empfehlung. Er steckte sich eine dicke Brenningmeyer an, als er zur abendlichen Grasmahd ging, ließ sich vom feinen Geruch und den abenteuernden blauen Rauchkringeln ablenken und senste mit einem wuchtigen Hieb in ein Wespennest. Die zornigen Insekten piesackten ihn in lärmenden Schwärmen, so dass er auf der halbgeschorenen Wiese zusammenbrach und nicht wieder aufstand.

Mit Paul Köhler verlor Charlott einen sanften Fürsprecher, der sie vor heimlichen Verdächtigungen und heimtückischen Verleumdungen in Schutz genommen hatte. Charlott setzte ihr Werk fort, hortete Pappen und Inhalt, die ihr Max Molke schickte, und ergänzte die monatlichen Eingänge durch Zukäufe im Konsum. Sie musste es schaffen, das Warenlager so reich und bunt herauszuputzen, dass Max Molke glaubte, wenn er zurückkehrte, sie hätte es über Krieg und Frieden hinweggerettet, und dass er wieder auftauchte, daran glaubte sie wie die Jünger an Jesus.

So ging die Zeit dahin, die Schmerzen im Rückgrat mit der leichten Verbiegung wurden ärger, ihr Gang gebückter, die Hände verkrüppelter, ihre Briefe an Max Molke kürzer, und die Schrift lief wie auf Stelzen, und schließlich fiel ihr nichts mehr ein, was sie nach Nürnberg schreiben sollte. Sie vergaß die Stunden des Tages und die Tage des Monats, und bald wunderte sie sich darüber, wenn ein junges Bürschchen, der neue Postbote, vor ihrer Türe stand und ein Paket abgeben wollte. Sie stritt ab, etwas bestellt zu haben und fauchte vor Zorn, wenn der erschrockene Jüngling die unerbetene Sendung in den Türspalt schob und mit mächtigen Schritten davoneilte. Sie erinnerte sich nicht mehr an das prägnante Datum, den 25., und es ließ sie unberührt, dass der Postbote bald überhaupt nicht mehr ans Haus klopfte.

Charlott war jetzt achtzig. Den Sturm, der übers Land fegte, nahm sie nicht wahr. Max Molke zog in

Nürnberg seinen Dauerauftrag zurück, den er vor vierzig Jahren einem großen Versender erteilt hatte, jeden Monat ein Paket mit wechselnden Inhalten an eine Thüringer Adresse zu schicken. Die Motive für den unpersönlichen Geschenkdienst waren abhandengekommen. Charlott stolperte, nachdem sie eine ihrer düsteren und immer seltener werdenden Inspektionen in die Obergeschosse ihres Hauses ausgeführt hatte, über den großen Holzfuß, der das Emailleschild

MAX MOLKE
ZIGARREN, ZIGARETTEN, TABAKE
LEBENSMITTEL- UND KOLONIALWAREN EN GROS

hochreckte, segelte mit Wucht die Treppe hinunter und brach sich den Oberschenkelhalsknochen. Als ihr Großkaufhaus durch fremde Hand geöffnet wurde, stank es wie auf einer Abfülle.

Ich mochte sie nicht. Aber alle, die in dem schmalen Tal aufwuchsen, liebten Jeanett. Mich hatte sie
einmal verraten.

Jeanett war blond und bausbäckig, ihre Brauen
waren weich und schillernd. Auf den Wangen,
an den schönen Rundungen, zündelten knallrote
Punkte. Die Stupsnase, klein und frech, und ein
gepflegter Bubikopf, in ein Lockenmeer getrieben,
spannten die schlanke Figur noch weiter nach oben
als sie tatsächlich von den Füßen entfernt war. Sie
trug Ohrringe, glitzernde purpurne Knöpfchen,
die mit dem Rot der Wangen Harmonie übten. Ihre
Augen waren hellblau, die Lippen keck geschwun-
gen, feucht und sinnlich. Bezwingend war ihre Heiterkeit, mit der sie alle beschenkte, auch wenn darin
häufig ein Hauch von Ironie aufflammte. Manche
glaubten, in ihren kapriziösen Launen gar eine Spur
von Gerissenheit, von Kalkül zu entdecken.

Jeanett Jüngling wohnte in einer Fachwerkvilla,
genau an dem Punkt einer langen ebenen Straße,

wo diese einen steifen Knick machte und dann in die Tiefe flüchtete. Es war ein auserwählter Platz. Hier sammelten sich im Frühling Jungen und Mädchen, um mit den Fahrrädern zur Landpartie aufzubrechen oder einfach den schmalen Berg herunterzusausen, um beim Zurückstrampeln Herz und Lunge auf ihre Belastbarkeit zu testen. Im Winter trafen sich Rodler und Schlittschuhfahrer, um die schnellsten Kufen zu ermitteln. Im Sommer wählte man den Platz zum Treffpunkt, wenn man in die Heidelbeeren ging oder in die Pilze wollte oder in die sanften Flussauen, um das Heu zu wenden.

Es war nicht nur die gesellschaftliche Verabredung, die die scharfe Ecke so beliebt machte. Immer spielte auch eine kleine oder große Sehnsucht mit, von Jeanett gesehen zu werden, um im flirrenden Gespräch ihren Frohsinn aufzufangen oder ihre Zuneigung zu erhaschen. Ich glaube, Jeanett liebte diese Umgarnungen. Nicht selten schlenderte sie aus eigenem Antrieb die Straße entlang und ließ sich bewundern, ein fesches Kleid, einen Sommerhut, eine noble Brosche bestaunen, von denen sie reichlich besaß. Ihre geschwätzigen Eskapaden perlten dann wie schwebende Tropfen durch das Tal, in denen man sich fröhlich spiegeln konnte.

Das Tal war dünn besiedelt. Es war so schmal, dass kaum das Flüsschen hineinpasste, das ihm den Namen gab, ein wildes rauschendes Wasser, das selbst im Sommer so kalt war, dass man die Füße darin erfrieren konnte. Die Uferstreifen, Wiesen von üppiger Pracht, rochen nach wildem Kümmel und Meisterwurz, nach Klee und Quendel. Damit war die Ebene ausgefüllt.

Wer bleiben wollte, musste seine Behausung an einen der beiden Berge kleben, die seitlich des Tals in die Höhe strebten. Viele hatten den Mut dazu nicht besessen. Die Häuser konnte man an zwei Händen abzählen, aber jedes hatte ein eigenes architektonisches Gesicht. Es musste etwas mit der Enge zu tun haben, dass jeder Bauherr aus dem eigentlichen Gehäuse noch etwas hinausfliehen ließ, einen Erker, einen Balkon, ein Türmchen, eine kleine Kuppel, oder dass ein besonderer Zierrat das gedämpfte Licht im Tal zu erhellen versuchte.

Auch Jeanetts Haus hatte diese schönen Schnörkel. Es war vornehm wie die anderen, und alle passten in die anmutige Landschaft. Wenn man das kleine Ensemble passiert und den Punkt erreicht hatte, wo die Straße wieder eben zu werden begann, öffnete sich das Tal in einen breiten Wiesenstreifen und der strebte hoch hinauf in eine blaue Helle. Von dort kam ein Wildbach heruntergestürzt, den man das Teufelsbächel nannte, weil er so behend und flink war wie der schwarze Bösewicht, und so verschlagen war er auch. Im Teufelsgrund, wo er auf das schmale Tal traf, stand eine stillgelegte Glashütte. Im Schatten ihrer Übermächtigkeit hockte, wie ein buntes Spielzeug aus einer Spanschachtel, ein

Wirtshaus. Der Glashütte gegenüber, auf der anderen Straßenseite, hatte ein Müller schon seit Jahrhunderten sein segensreiches Obdach. Er nutzte die elementaren Kräfte aus Fluss und Bach, um große Wasserräder und Mühlsteine in Schwung zu bringen, die Korn zu Schrot und Mehl zertrümmerten.

Platz auf dieser lichten Öffnung hatte noch ein anderer Bau gefunden, der nicht nach Wohnhaus, nicht nach Werkstatt aussah, ein sinnloser Kubus, eigenartiges Gemisch aus Backstein, Holz und Lehm, das der Heiterkeit des Tales wie eine Drohung eingepflanzt war. In diesem schnörkellosen Viereck wohnten die Wischs, Menschen von grandioser Schönheit, die man einer indischen Provinz entflohen glaubte und die alles, aber wirklich auch alles besorgen konnten, was das Tal entbehrte. Der Wisch, hieß es einfach, oder die Wisch, wenn man von der Familie sprach, und dann der kleine Wisch oder der große Wisch, wenn es um die Kinder ging. Ich erinnere mich nicht, dass diese Leute überhaupt einen Vornamen hatten. Die Großmutter, die alte Wisch, das Gesicht mit Runzeln übersät, aber auffällig und stattlich durch strahlende schwarzdunkle Augen und eine bunte Schärpe um den schlanken Leib, war ein Enfant terrible. Sie sagte jedem, was sie dachte, und sie konnte jeden trösten, der es nötig hatte. Sie half bei der Geburt und gab die letzte Ölung, und so war es nur folgerichtig, dass ich den Müller sofort zu ihr geschleppt hatte, als der sich bei der Grasmahd zwei Finger so durchtrennte, dass sie nur noch wie an einem Faden baumelten.

Ich war zu dem Zeitpunkt sechzehn, Jeanett nur wenig älter. Ich wurde für die Besonnenheit, mit der ich den Müller vor dem Verlust seiner Glieder bewahrt hatte, wie ein Held gefeiert. Keiner wusste, wie erschrocken und kopflos ich gewesen war. Jeanett schien Tapferkeit zu bewundern und spielte seitdem mit den Augen Nikolaus, wenn ich ihr näher trat. Aber ich mochte sie nicht. Sie hatte mich einmal verraten.

Zudem umkreiste meine Zuneigung längst ein anderes, ein blasses, durchsichtiges Mädchen, das weiter unten im Tal in einem glanzvollen, weißen Anwesen wohnte. In dessen weitem Garten- und Parkgelände wanderte die heimlich Angebetete von einem Liegestuhl zum anderen, um der Sonne oder – man wusste es nicht – dem Schatten zu entkommen. Ihr Vater, ein Mann von sanfter Gewalt, mit dem sie alleine lebte, verpachtete die Angelrechte für den rauschenden Fluss, und auch sonst war er in Geschäfte verwickelt, über die jeder im Tal große Augen machte. Er verscherbelte ganze Waldungen, baute große Wehranlagen, spekulierte mit Holz und Kies. Dies hatte sich herumgesprochen, aber genau wusste keiner, was er sonst alles tat, nur dass es ihn unabhängig machte von drückendem Tagewerk, das sah man, oder wie sonst hätte er mit seiner Tochter kuren können im Spessart und auf Usedom? Erschrocken waren wir, als das Mädchen trotz aller Fürsorge starb, lungenkrank, wie die Mutter, die auch früh hatte gehen müssen. Als sie, talabwärts, auf einem kargen Hügel, der Erde zurückgegeben wurde, fehlte keiner, der im Tal zu Hause war, auch nicht die Besitzer einer Pappfabrik und einer Schneidemühle samt ihren Belegschaften, die weitab verstreut den stillen Winkel belebten.

Jeanett war, wie wir alle, lange traurig; sie hatte mit dem zerbrechlichen Geschöpf ein besonderes Band verknüpft, das sich nicht lösen wollte, ein Band, das Schmerz und Kranksein und strotzende Gesundheit schicksalhaft zueinander zog, das Tod und Leben aneinander kettete. Als der Schmerz von ihr wich, war sie erwachsen. Die Burschen im Tal vergrößerten die Anstrengungen, ihr zu gefallen. Auch der große Wisch, ein Junge von zigeunerhaftem Charme, beteiligte sich am forschen Wettstreit, der zeitweilig wie ein Turnier ausgetragen wurde, währenddem die Bewerber aufmarschierten wie aufgeputzte Lackel und nicht ahnten, dass ihre Erfolglosigkeit schon beschlossen war.

Hinter Jeanett stand ein feister Vater, ein vierschrötiger Mann, dessen runder Schädel wie eine Speckschwarte glänzte. Der hatte längst beschlossen, dass für Jeanett, das propere und gesunde Mädel, nur eine bessere Partie infrage käme.

Johannes Jüngling besaß eine Schnapsbude, wie man hierzulande sagte, die er auf dürftigem Terrain, das nicht einmal den halben Hinterhof seiner feinen Fachwerkvilla in Anspruch nahm, untergebracht hatte und in der höchstens vier bis fünf Leute arbeiteten. Einer davon war mein Vater. Er hatte sich bei Jüngling eingekauft, weil er als Handlungsreisender in Gewürzen und ätherischen Ölen genug Geld und Kenntnis eingesammelt hatte, um zu glauben, nun eine Destillation selbst mit betreiben zu können. Die gleichberechtigte Compagnie mit Jüngling erstritt er sich durch eine Kunst, die er meisterhaft beherrschte. Er konnte Liqueure auf kaltem Wege zubereiten, was die Aromen unverfälscht erhielt.

Bald konnte man dem Jünglingschen Magenbitter, einer schmeichelnden Essenz aus heimischen Kräutern, die auf dem thüringisch-fränkischen Markt reichlich Beifall fand, noch andere gute Tropfen zugesellen, deren Namen man sich schützen ließ. Favoriten-Wässerchen, Göttertrunk und ähnlich werbende Begriffe verpasste man den neuen, wärmenden Produkten und betörte Land und Leute mit Hinweisen auf Herstellungsverfahren, die selbstverständlich waren, aber in Jünglingscher Fassung wie extravagante Erfindungen aussahen. Bestens rectifizirter Sprit, feinste weiße Zuckerraffinaden, terpenfreie unverharzte Öle, solches Allerweltswissen einer entwickelten Spirituosenindustrie wurde wie Königswege angepriesen. Ein Plakat vagabundierte durch die ganze Gegend, auf dem Jüng-

lings Magenbitter wie ein Rumpelstilzchen herum-
sprang und einer sommerlichen Gartengesellschaft
unter bunten Schirmen und kecken Strohhüten ein
zusätzliches Amüsement verschaffte. In knallgelben
Buchstaben irrlichterte ein Spruch über den festli-
chen Karton: Jünglings Magenbitter: Überall.

Die Anstöße für die feierliche Illumination der
Muntermacher lieferte mein Vater, in Aussehen
und Anzug und im krassen Gegensatz zum vier-
schrötigen Jüngling ein Mann von geschmeidiger
Gestalt und fürstlicher Eleganz. Ich glaube, er war
ein Blender. Er hielt sich für unwiderstehlich, und
das Schicksal schien ihm recht zu geben, was meiner Mutter sehr missfiel. Genau wusste es keiner,
wie es dazu gekommen war, aber eines Nachts war
er mit seinem grünen Hanomag einen Waldhang
hinabgesaust, im sanften Rausch, und erst in einer
dicken Schlehdornhecke zum barschen Halt gekommen. Er blieb unverletzt und eine junge Dame
auch, die ihm den Sturz verursacht und dann leicht
abgefedert hatte. Anderntags zogen zwei schwere
Kutscherpferde das zerdrückte Fahrzeug aus der
finsteren Senke, aber Licht war vorerst in das Dun-
kel nicht zu bringen, warum ausgerechnet Jeanett
neben ihm gesessen hatte, als es abwärts ging.

Es war ungewöhnlich, dass man bald darauf die
alte Wisch mit dem blessierten Mädchen tuscheln
sah. Auch dem alten Müller wollte man nicht glauben, dass er Jeanett gesehen hatte, in einen Schal

gehüllt und schmerzgebückt, als sie in einer feuchten Nacht aus dem Haus der Wischs getaumelt und dann scheu fortgeschlichen war. Der große Wisch machte ein paar dumme Sprüche über die Folgen der Hurerei und hielt sich fortan fern von dem Parcours, auf dem die anderen Burschen wie aufgescheuchte Pferde hin und her liefen, um Jeanett von ihrer Anbetung zu überzeugen und ihr zu zeigen, dass sie auch Hindernisse zu überspringen bereit waren, um an den Quell ihrer Lüsternheit näher heranzukommen.

Indes handelte der Schnapsfabrikant Jüngling. Er nutzte den Offenbarungseid einer übermütigen Offiziersgesellschaft, die im Wirtshaus unter dem Einfluss hochprozentiger Lebensgeister feierliche Schwüre auf das Vaterland abgelegt hatte, um den jungen Leuten seine Schnapsbude zu zeigen und ihnen freigiebig etwas auszuschenken und Jeanett, wie nebenher, als die künftige Chefin der einträglichen Firma auszustellen. Die Kluft zwischen Wirklichkeit und Anspruch, die Jüngling mit seinen Albernheiten aufriss, war so groß, dass dies den Offizieren durchaus imponierte. Sie ermutigten ihn, an die Eroberung der Weltmärkte fest zu glauben.

Ein Austausch von Adressen ging im Getümmel des verrückten Wochenendes unter, aber irgendwann erhielt Jeanett den Brief eines hessischen Majors, mit dem sie zur Privataudienz auf ein kleines Wasserschloss gebeten wurde, in dem schon Goethe seine Frau von Stein zum Tête-à-Tête getroffen hatte.

Der Hesse Alfons Barth, blond und ebenbildlich dem vielbeschworenen Germanen, glatt und bartlos, hochaufgeschossen und doch biegsam wie eine Gerte, stolzierte wie ein junger Hahn durch die kleine Häuserkolonie, die das Tal so anheimelnd machte. Er verteilte den Hof- und Fenstergästen, die sich aus lauter Neugier zeigten, seine freundlichen Honneurs, die stets einen Schuss zu zackig ausfielen. Die Zeremonie wiederholte sich in schöner Regelmäßigkeit, bis der Krieg begann.

Jedes Mal, wenn der Major in der Siedlung war, hieß es, Barth ist wieder da, und man schubste sich in den Stuben an die Fenster heran, um ja nichts zu verpassen. Der Major präsentierte seine schneidigen Uniformen wie ein Kinoheld. Silbern funkelten Bänder und Litzen. Den Brustraum seiner militärischen Zwirne schmückten die bekannten Orden. Auf den Epauletten vermutete man das Bild des Führers, da Barth den Mann sich wie einen Heiligen vorantrug, aber dort waren andere Zeichen aufgesteckt, deren Bedeutung man nicht entschlüsselte.

Jeanett hing Barth am Arm und schmachtete nach oben. Groß war sie selbst, aber der Major überragte sie noch um Kopfeslänge. Jeden Moment dachte man, das Manöver könnte wieder losgehen, wo sie zu seiner Eroberung ansetzte, aber der Angriff war doch längst siegreich geführt. Sie war auf einem ruinösen Schloss, das sich der Führer in frühen Plänen einmal als Sommersitz erkoren hatte, mit heidnischen Gesängen in den Ehestand geholt worden. Als sie die alte Wisch das erste Mal devot mit »Frau Major« ansprach, zuckte sie bewegt zusammen, und der leise Zug von Ironie, der früher ihrem Lachen beigewohnt, kippte in ein fades Grinsen um, das nach Überhebung, nach Arroganz aussah.

Johannes Jüngling feierte die Liaison nach Kräften. Er malte Bilder an die Wand, wonach die Firma später einmal »Barth & Jüngling« heißen könnte, und machte bleiche Witzchen über die seiner Meinung nach darin versteckte Zwillingshaftigkeit. Wie wenig dieser Gedankenflug mit der Version des Lebens zu tun hatte, das dem Major vorgeschrieben war, wollte Jüngling partout nicht interessieren, und auch dass sein Gedankenspiel auf ein Herausdrängen meines Vaters aus dem Schnapsverbund hinauslief, wollte er sich nicht eingestehen.

Die Spannung, die zwischen Barth und meinem Vater ohnehin bestand, von deren Existenz und Ursprung aber nur einer der beiden wusste, wurde durch Johannes Jünglings werbende Reden aufgeheizt, die er im Wirtshaus vom Stapel ließ. Mein Vater wich dem Schwadronierer aus, er ging auf Reisen, wenn der Major im Tale war, und bei den Leuten verblasste langsam die Erinnerung, dass er einmal in Sturzfahrt auf Jeanett gelandet war. Es gewann ein Bild die Oberhand, das freundlicher sich

ansah: Jeanett im Glück, die »Frau Major« im blassgrünen Kostüm, das zum Soldatenrock von Alfons
Barth auffällig passte. Eine Weltdame war jetzt zu
feiern, die auf den Bällen der Residenzstadt glänzte
und mit der das ganze Tal sich schmücken konnte.

Die heile Welt zerriss, als der Major nach Frankreich aufbrach, auch wenn er so tat, als müsste jetzt
erst recht die Jubelstimmung wachsen. Die Geschenke, die er Jeanett im ersten Fronturlaub mit
heimbrachte, waren von fulminantem Zuschnitt; er
musste sie den Meistern der jeweiligen Handwerks-
zunft entrissen haben, denen er in Frankreichs Provinzen begegnet war. Prächtige Kleider, brillant-
besetzte Geschmeide, funkelnde Ohrringe brachten
Jeanett den Ruf einer reichen Schönheit ein, der
ihr erst schmeichelte, später seltsam lästig wurde,
weil sie darin nicht Ehrerbietung, eher ein Quänt-
chen Neid vermutete. Denn Alfons Barth brachte
aus dem besetzten Frankreich viele Güter heim, die
Missgunst oder, wie man bei uns zu Hause sagte,
Scheelsucht erzeugen konnten.

Eines Tages kam ein Gerücht auf. Barth hätte einen Schatz mit nach Hause gebracht, hieß es, nicht
mehr, nicht weniger, und nun konnte sich jeder selber sein Bild davon machen. Ein Schatz, was konnte
das nicht alles bedeuten? Man öffnete die Mythen-
galerie und holte heraus, was dafür infrage kam: ein
versteckter Hort voll glänzenden Goldes, die Zau-
berschatulle, blitzende Edelsteine. Wenn man der

Sache nachgehen wollte, wurde man entrüstet zurückgewiesen. Ein Gerücht, sagte mein Vater, der übliche Klatsch, der immer entstand, wenn es jemandem gut ging. Glaubwürdig sah er dabei nicht aus. Vermutlich hegte er eigene Zweifel.

Das Gerücht war schleichender Natur, es tauchte überall auf, wo es nicht hingehörte, im Wirtshaus, in der Wassermühle und in der Pappfabrik. Plötzlich wollten viele wissen, die Jeanett und dem Major bislang voll Demut und Bewunderung zu Füßen gelegen hatten, dass in der Jünglingschen Sippe schon längst was übel roch. Man wollte Witterung bekommen haben von dem und jenem Unrecht, das den Aufstieg des Schnapskontors befördert hatte. Es schien das Beste, man behielt die Verdächtigungen für sich oder gab sie höchstens hinter zugezogenen Gardinen einmal einem verschwiegenen Gefährten weiter. Dennoch hatte das Gerücht über den geraubten Schatz ein langes, böses Leben. Es verschwand erst in den dörflichen Rumpelkammern, als Alfons Barth mit seiner Spezialeinheit an die Ostfront verlegt wurde und seine Streifen in den vornehmen französischen Städten und Provinzen mit strapaziösen Patrouillen in den weißrussischen Wäldern einzutauschen hatte. Die Partisanen dort waren arm und nicht freigebig genug, um des Majors bewunderte Einträglichkeit zu bedienen.

Die Geschenke an Jeanett versiegten. Die Heimataufenthalte des Majors wurden seltener. Er sah angestrengter aus als früher, wenn er ins Tal kam, und ein wenig in sich gekehrter war er auch. Das grelle Aufleuchten, das sein Auftauchen verursacht hatte, wann immer er die Siedlung mit seiner Gegenwart beglückte, war nur noch ein gedämpftes Licht, in dem sich bald niemand mehr spiegelte.

Alfons Barth, der strahlende Soldat, verschwand eines Tages ganz und lautlos und ohne Widerschein in den Moränengürteln Belorusslands. Jeanett richtete ein Denkmal auf. Unter dem Schmerz, den sie zur Schau trug, und hinter dem Glauben an des Majors Wiederkehr, den sie beständig fortpflanzte, verstummte die üble Nachrede. Die Flüsterpropaganda suchte sich einen neuen Gegenstand. Statt der grandiosen Beute, die in den eigenen Siedlungsmauern versteckt sein sollte, ließ man andere Flaschenteufelchen tanzen. Mal munkelte man etwas von verrückten Plänen, die, wenn der Krieg gewonnen war, das Tal überfluten sollten, um daraus ein attraktives Erholungsgebiet für die siegreichen Heimkehrer zu machen, ein andermal wollte man von einem U-Boot etwas wissen, das bis in die Themse vordringen konnte. Die wilden Berichte sorgten aber für nicht mehr Aufregung als vormals das duftende Arom von Alfons Barths französischem Parfüm.

Jeanett erholte sich rasch von dem Verschwinden des Majors. Ihre pausbäckige Gesundheit verlangte den natürlichen Tribut. Sie vergnügte sich heimlich mit meinem Vater, wenn der Schnaps gefiltert war. Johannes Jüngling, deutlich älter als sein Compagnon, drückte beide Augen zu. Das verbotene Vergnügen ließ sich nicht ewig unter der Decke halten. Als mein Vater eingezogen wurde, geriet der Abschied, den man verstohlen beobachtete, doch etwas zu stürmisch, als dass man diesen unter dem Begriff freundschaftlicher Spielerei hätte abtun können. Jeanett passte den Frontzug auf einer weit talabwärts gelegenen Station ab, um ihrem Liebhaber stürmisch Lebewohl zu sagen. Die kleine Blessur auf dessen rechtem Lungenflügel, die Fronttauglichkeit bislang abgewehrt hatte, reichte nicht mehr aus, um sich aus der letzten Not des Vaterlands herauszuhalten.

Mein Vater kam erst spät nach dem Krieg ins Tal zurück, drei Jahre nach dem unfrommen Mai, als jeder einem anderen Götzen abschwor. Bei meiner Mutter durfte er keinen Fuß mehr über die Schwelle setzen. Zu arg und würdelos waren die Einzelheiten, die man aus seinem Doppelleben kolportierte. Auch Jeanett wollte sich des ergrauten Beischläfers nicht mehr erinnern. Er saß plötzlich zwischen allen Stühlen. Jeanett vergnügte sich mit jüngeren Männern, deren Gier auf Fleisch und Leben nach dem Krieg schier maßlos war, und sie suchte, mit aberwitziger Intensität, nach einer Spur von Alfons Barth. Es hatte sie ein Signal erreicht, dass der Major noch lebte, eine Botschaft, die sie in Wallung brachte. Die Nachricht hatte ein Kumpan ins Tal gebracht, der vor dem Krieg an dem Zechgelage beteiligt war, das Johannes Jüngling für sich ausgenutzt hatte. Wenn die Auskunft des Kameraden stimmte, war der Major in einem Steinbruch in Jakutien und schlug sibirische Diamanten aus dem Frost, und die Kälte setzte ihm so zu, dass er alles vergaß, was ihn dorthin getrieben hatte. Der fesche Feldjäger war zu Zwangsarbeit verurteilt, und man solle beten, meinte der Kumpan, dass er die Nähe des Kältepols nicht als Eisklumpen verließ.

Der Major war zäh. In einem der kurzen sibirischen Sommer arbeitete er sich aus dem Berg heraus und machte sich Liebkind bei einem Pferdenarren, der dort die Aufsicht führte. Alfons Barth verstand etwas von der edlen Rasse, war er doch links der Rhön neben einer hessischen Pferdefarm aufgewachsen. Er konnte den naiven Träumer überzeugen, ihn zum Aufseher einer erfundenen Rassezucht zu machen, wenn er nur gesund nach Hause käme und dann die gute Tat seines fernöstlichen Geheimbündlers zu vergelten denke.

Mir kam die Geschichte verlogen vor, wenn sie Alfons Barth zum Besten gab, aber er kam mit einem der nächsten Transporte tatsächlich aus der Tundra heraus und landete, ausgezehrt und abgerissen, in Jünglings Schnapskontor. Jeanett riss die Zügel sofort herum und spielte die ergebene Ehefrau. Die Schnelligkeit, mit der sie die Gefühle wechseln konnte, war beängstigend. Ich glaube, sie war schamlos, aber bemerkte selbst nicht die Würdelosigkeit ihres Treibens. Eiskalt und ohne mit der Wimper zu zucken, hatte sie mich in Kindertagen einmal dem Lehrer Dornbusch ausgeliefert, obwohl sie wusste, dass der verhandelte Eklat anders abgelaufen war.

In den Sommermonaten belustigten wir uns im Tal mit einem verwogenen Spiel. Wir schossen aus natürlichen oder vorbereiteten Verstecken mit Blaserohren auf die Waden und Kniekehlen vorüberziehender Sommerfrischler. Vor Schadenfreude konnten wir uns kaum halten, wenn die Getroffenen aufgeschreckt und von Schmerzen geplagt auf der Straße herumhüpften. Den brennenden Schmerz auf den Einschussstellen erzeugten wir mit unreifen Ebereschenbeeren, die wir mit bolzenden Luftstößen durch halblange Glasröhren hindurchstießen, welche wir aus Altbeständen der stillgelegten Glashütte in unseren Verstecken angehäuft hatten.

Eines Tages kam der große Wisch auf die Idee, diese jungenhafte Lustbarkeit aus dem Tal hinauszutragen und damit auswärtige Triumphe auf einem geheiligten Dorffest zu feiern, das jährlich im September im Zentralort unseres zersplitterten Kirchspiels stattfand. Der Auftritt wurde das Tagesgespräch der fröhlichen Kirmes. Unsere Geschosse schlugen unverhofft und aus verschiedenen Richtungen kommend in die lustwandelnde Menge ein.

Der Festplatz glich einem Hühnerhof, auf dem ein sich kratzendes Menschenvolk nach den Verderbern suchte und sie nicht finden konnte.

Als am nächsten Tag der Lehrer Dornbusch aufgeregt im Klassenzimmer hin und her lief und zornig nach den Verursachern dieses Ereignisses forschte, meldete sich Jeanett und sagte, sie wüsste, wem der teuflische Einfall zuzuschreiben sei. Ich erstarrte vor Erschrecken, als sie, nachdem sie die Vorbereitung der Schießübung minutiös behandelt hatte, meinen Namen nannte und mich damit dem kleinen, borstigen Tyrannen zu einer seiner Musterdemonstrationen in Sachen körperlicher Züchtigung auslieferte. Dornbusch holte mich von meinem Platz ab, indem er die weiche Haut unter meinem Kinn in die Länge zog und diese zwischen Zeigefinger und Daumen so genüsslich hin- und herrieb, dass ich Frösche hätte fressen können, wenn der Tortur dadurch auszuweichen gewesen wäre. Sodann zog er meine halblange Samthose straff, legte mich über eine Schulbank in der ersten Reihe und vergeudete mit einer Haselrute in zwölf wohlgeführten Schlägen auf meinen straffen Hintern dermaßen seine Kraft, dass er hochrot anlief und seinen kugelrunden Körper der Atemlosigkeit anheimgab. Ich konnte danach auf meinem Platz nicht mehr sitzen. Ich musste angestrengt darauf achten, dass ich mein Kreuz so fest an die Sitzlehne drückte und die Füße so starr auf den Fußboden stampfte, dass zwischen Holz und Gesäß ein Hohlraum entstand, der dem Schmerz ein wenig Erholung verschaffte. Der Vorgang war demütigend, zumal ich den fatalen Kirmesauftritt abzuwehren versucht hatte und Jeanett die Umleitung des Lehrerzorns am hauptschuldigen großen Wisch vorbei offenbar nur deshalb herbeiführte, weil sie von diesem ständig abschreiben konnte, und von mir nicht. Ich hatte sie mehrfach zu eigenem Fleiß ermahnt. Später wusste ich dem Verrat noch eine andere Dimension beizumessen.

Jetzt musste ich wieder an die merkwürdige Bezichtigung denken, weil Jeanett sich am Tage strikt dem heimgekehrten Major unterordnete, sich aber nachts, wenn dieser sein körperliches Ausgezehrtsein ausschlief, heimlich in den bedrohlichen Wohnkubus der Wischs schlich und garstige Pläne schmiedete. Mit aberwitziger Intensität, mit der sie schon nach dem Krieg eine Spur von Alfons Barth aufzunehmen versuchte, als der noch in sibirischen Bergwerken saß, suchte sie jetzt nach dem angeblichen Schatz, den der Major aus Frankreich in das enge Tal mit heimgebracht haben sollte. Sie wollte herausfinden, ob das beharrliche Gerücht einen realen Hintergrund hatte.

In einer Stunde glücklicher Erschöpftheit gab Alfons Barth das Geheimnis preis. Er zeigte Jeanett einen plumpen schmiedeeisernen Schlüssel, der ihr den Weg zu einem Felsenkeller auf einem kleinen und verwahrlosten Grundstück wies, das ihm am Fuße des hessischen Auersberges in Erbfolge zugefallen war. Dort, teilte der Major seiner liebestollen Jeanett mit, würde sie etwas vorfinden, das ein Leben lang vorhielt. Alfons Barth hatte, als er Jeanett das Geheimnis anvertraute, auch freigiebig über Erlebnisse geplaudert, die ihn zu einem gefürchteten Feldgendarmen auf feindlichem Boden gemacht hatten. Es waren frivole und widerliche Geschichten, die sie zu hören bekam. Diese erzählte sie freimütig dem großen Wisch weiter. Der große Wisch, ein Proletariersspross mit üppigen Talenten, war Motorradschlosser geworden. Er wollte aus der ungetünchten Behausung seiner Sippe heraus und Anschluss an ein Leben gewinnen, das er sich tändelnder vorstellte als sein ölverschmiertes Dasein in einer luftigen Bretterbude, in der ursprünglich eine Bauschlosserei altes Eisen auf neue Gartentore getrimmt hatte. Ein Leben wie das von Jeanett Jüngling, in ständiger Schwebe zwischen Wohlhabenheit und Leichtsinn, schien ihm erstrebenswerter. Er hatte die Zurückhaltung gegenüber Jeanett längst aufgegeben, die ihn nach Abtreibung einer Leibesfrucht lange zu Abstand veranlasste. In einem Ansturm von Bosheit und Liebe hatte er genommen, was sich ihm feilbot. Er hatte bemerkt, dass Jeanett von Kindertagen an seine Naturwüchsigkeit bewunderte und seine großen, schwarz funkelnden Augen wie Lichter der Verheißung ansah. Als der große Wisch, mit Namen Ludwig, wie Ludwig der Springer, der Erbauer der Wartburg, der einst mit bauschigen Mänteln vom Giebichenstein auf einen harten Fels gesprungen war, um sein Leben zu retten, für die russische Kommandantur ein Motorrad zu reparieren hatte, da spannte auch er seinen Mantel auf und schüttelte die fatalen Geschichten heraus, die er von Jeanett über Barths Feldgendarmenzeit aufgeschnappt hatte.

Ein paar Tage darauf wurde der Major abgeholt. Auf einem brüchigen russischen Geländewagen, eingezwängt zwischen zwei Posten mit schwarzweißer Armbinde, presste er ein prophetisches »Lebewohl« aus sich heraus, das Jeanett am offenen Fond wie einen Ball auffing, der sich in verschiedene Weltgegenden rollen ließ. Wie eine Beute fuhr man mit Alfons Barth in einen schönen Septembertag hinaus, der nach Lavendel roch und mit weißen Fäden spielte, als wären sie Engelshaar.

Johannes Jüngling verließ ein halbes Jahr später, in der Nacht zum Gründonnerstag, nachdem er mit Hilfe meines Vaters alle Schnapsvorräte an Wirtshäuser und Händler verteilt und bare Münze dafür eingesammelt hatte, zusammen mit Jeanett das liebliche Tal. Keiner sollte vermuten, dass es sich um einen endgültigen Abschied handelte. Im Fachwerkhaus zurück blieb Käthe, die Frau Jünglings, eine kleine, bislang gesichtslose Person, die man mehr im Nachbardorf als im Tal selbst kannte. Dort war sie häufig mit einem Huckelkorb unterwegs, eilte von einer Schwester zur anderen. Sie hatte deren drei und schleppte frische Eier und ausgelassenes Fett, Melasse, Kunsthonig oder Kaninchenfleisch in deren Häuser, alles Produkte, die sie heimlich gegen Schnaps tauschte, damit ihr Anhang nicht verhungerte.

In den Bewegungsspielen des Schnapskontors war Käthe bislang nicht aufgetaucht. Jüngling hatte nie von ihr gesprochen, es sei denn, dass er eine hohle Geste, ein schmutziges Geschäft, ein undurchsichtiges Manöver motivieren musste. Dann hieß es plötzlich, Katharina habe es angeordnet, seine rote Zarin, deren flammendes Haar wie eine Fahne daherwehte, weshalb sie immer etwas verwahrlost aussah. Diese hintangesetzte, unterdrückte Frau nutzte ihre nur wenige Monate während Weiberherrschaft, um ein Kabinettstück ihrer Organisationskunst abzuliefern, so dass man glauben konnte, sie hätte doch im Leben Jünglings und des Schnapskontors eine größere Rolle gespielt, als man gemeinhin annahm. Im Verein mit dem Mann, der im Tal die Angelrechte verpachtete, dem mächtigen Holz- und Kiesspekulanten, der frühzeitig seine Tochter durch einen bösen Lungenschatten verloren hatte, schaffte sie allmählich das wertvolle Mobiliar des Fachwerkhauses an russischer Besatzung und heimischen Behörden vorbei in ein kleines Nest des Odenwaldes. Dort hatte ihr Jüngling eine Lageradresse angegeben.

Mein Vater schützte die verdeckte Aktion über die innerdeutsche Grenze hinweg durch auffällige Präsenz. Er vermittelte durch regelmäßige Spaziergänge in den Orten unseres Kirchspiels und durch sein Auftauchen an den Stammtischen der Wirtshäuser der näheren Umgebung den Anschein, als ob Jünglings Schnapsbude florierte, derweil deren Prinzipal schon drauf und dran war, sich selbst und seinen Compagnon an der badischen Weinstraße in Unternehmen hineinzuhieven, von denen man sich für die Neuplatzierung des Jünglingschen Magenbitters einen wirtschaftlichen Vorteil versprach. Käthe setzte die Betriebs- und Haushaltsauflösung fort und überredete zwei weitere Mitarbeiter der Firma zu einer Übersiedlung ins Badische. Das Fachwerkhaus übergab sie, wie eine Trophäe, den Wischs, die es auch flugs besiedelten. Ohne Aufsehen, wie zuvor Jüngling und Jeanett, verschwand dann Käthe aus dem Tal auf dem Rücksitz eines Motorrades, das der große Wisch steuerte.

Als mein Vater ein paar Monate später in der fremden, vor Hitze flimmernden Weingegend ankam, die ihm Jüngling wie ein Paradies angepriesen und für einen beruflichen Neuanfang auserkoren hatte, und er das Terrain genauer sondierte, traf er den großen Wisch Arm in Arm mit Jeanett. Sie strahlte vor Glück und konnte eine kleine Wölbung ihres blumig-plusternden Sommerkleides nicht länger verbergen. Der große Wisch hatte einen Strohhut

auf, steckte in einem flatternden Sommerhemd und
einer gelbbäuchigen Hose und paffte eine dicke Zigarre. Wenn man den grauen Kubus aus dem Teufelsgrund nicht vor Augen gehabt hätte, der lange
seine Heimat war, hätte man denken können, er
sei ein Weltmann, der, braungebrannt und globe-
trottend, durch die Landschaft eilt, um seinen Besitz zu inspizieren, hier einen Weinberg, dort eine
Herberge, da eine Pferdezucht. Seine Rede floss
dahin wie die eines Eroberers und machte meinem
Vater augenblicklich bewusst, dass er ausgedient
hatte und, an welcher Ecke der Welt auch immer,
eine Rückkehr in Jeanetts Buhlschaftsgefolge nicht
mehr möglich war.

Jünglings Magenbitter erhob sich in der neuen
Landschaft wie Phönix aus der Asche. Er umkreiste
nicht nur den badischen Raum wie früher das Thü-
ringische und Fränkische, sondern durchflügelte in
kurzer Zeit das halbe Deutschland. Die moderate
Essenz war kein Anstifter zu Trunkenheit, zu Trubel und Radau, sie war das Gegenteil, beruhigte
Darm und Gemüt. Sie löste Wohlbefinden aus und
stellte Eintracht her mit des Volkes neu aufkom-
mender Molligkeit. Das Jünglingsche Unternehmen bunkerte gute Laune auf Etiketten, Papp- und
Blechplakaten und ließ diese sichtbar anheften an
Flaschen, Gläser, Restaurants und Edekaläden, an
Scheunen und Brückenpfeiler und selbst an Stellen,
wo sie nicht hingehörten. Überall saßen strahlende

Herren und Damen um feines Interieur herum und hielten sich den Bauch vor Lachen, weil Jünglings Magenbitter darin seine Wirkung tat. Manches Spruchband verherrlichte den braunen Saft als Göttertrunk. Es blickten Äbte in den Himmel und segneten das heilige Wässerchen, obwohl es in einem Teufelsgrund erfunden worden war. Den Vogel der tollkühnen Reklame schoss ein Slogan ab, der wöchentlich durch die Zeitungen tanzte. »Wenn die Franzosen wüssten …«, hieß es dort, und da schob ein feiner Herr distinguiert sein Champagnerglas beiseite und ließ sich vom befrackten Kellner einen Magenbitter einschenken, einen Magenbitter nach Jünglings Rezeptur, als könnte der das Kultgetränk des großen Aufstiegs werden.

Bei uns zu Hause hieß es, Alfons Barth hatte den Schatz doch versteckt. Im gleichen Augenblick senkte meine Mutter den Blick zur Erde und streckte beschwörend die Hände nach oben, was gleichbedeutend mit der fürsorglichen Mahnung war: Aber wir wollen den Mund darüber halten! Dann kramte sie in den alten Papieren weiter, die sie meinem Vater schicken sollte und mit denen er zu beweisen gedachte, welchen Anteil er einst an Jünglings Schnapsbude erworben hatte. Die Fachwerkvilla im Tal verwaiste. Von den Wischs zog einer nach dem anderen ins badische Sonnendreieck. Die melancholische Alte, die Wunderheilerin mit der bunten Schärpe um den Leib, war die Letzte,

die zurückblieb. Sie konnte sich von der schiefer-
haltigen Erde nicht trennen, die das begnadete Tal
jeden Sommer zu einem Heilkräuterparadies her-
ausputzte.

DR. AUGUST AEGIDIUS

Dr. August Aegidius, breitschultrig, schmalhüftig,
mit tailliertem Jackett, schneeweißem Hemd und
weinroter Fliege geschmückt, stand wie eine Ikone
im Raum und zelebrierte Latein. Er arbeitete sich an
einer Mahnung entlang, die ihm der alte Horaz hinterlassen hatte: »Alter frenis eget, alter calcaribus«
hieß das stolze Wort, der eine bedarf der Zügel, der
andere der Sporen, das er nicht nur auf die fernen
Geschlechter bezogen wissen wollte, für die es er-
sonnen war. Auch die moderne Jugend brauchte ihr
Zaumzeug, um sich am Riemen zu reißen, meinte
der freundliche Menschenkenner. Er wusste vom
ersten Augenblick an, wenn er eine Klasse betrat,
an welchem Platz ein talentierter, ein maulfauler
oder ein bedürfnisloser Schüler saß. Er sah durch
die Gesichter hindurch bis in die innersten Winkel
der Seele und bestimmte danach das Maß der Güte
oder der Strenge, das er auf den Einzelnen zu ver-
schwenden gedachte.

Er selbst betrachtete sich als Missionar, der den

Leitspruch »Disce bonas artes, romana juventus« an einer kleinen Thüringer Völkerschaft zu vollstrecken hatte, die zwar von den Gewohnheiten der alten Römer etwas abgekommen war und auch sonst der heroischen Züge der frühen Eroberer entbehrte, die aber über genug bildende und gestaltende Kräfte verfügte, um der schönen Künste Herr zu werden. Das hatte sie in der harten Region bewiesen, die ein stürmisch dahineilendes Wasser in zwei Teile trennte und die sie mit Burgen und Schlössern vollgestellt hatte, als sei sie ein mittelalterlicher Festplatz.

Die alte Sprache, die Dr. Aegidius benutzte, um seine Grundsätze zu manifestieren, war ein Vehikel, das der schwungvolle Lehrer brauchte, um seiner eigentlichen Liebhaberei ein Pendant zu schaffen. Mit dem Kopf war Dr. Aegidius ein Lateiner, aber mit dem Herzen war er ein Verehrer Goethes. Seine erste Begegnung mit dem großen Dichter verdankte er einem seiner frühen Schulbücher, einem Band »Aus deutscher Dichtung«, der ihn als Kind so fasziniert hatte, dass er noch heute viele der erregenden Verse, die darin untergebracht waren, auswendig hersagen konnte. Oft und plötzlich gab seine lyrische Vorratskammer einen Gedanken, eine Anfangszeile oder ganze Strophen frei, die aus Goethes Feder stammten und längst sein Besitz geworden waren. Er kannte nicht nur die leisen und wehmütigen Gesänge von »Wanderers Nachtlied«

oder dem »Land, wo die Zitronen blühn«, sondern
er konnte auch Goethes mitunter schaurige Balladen
zornig in die Welt hinausdonnern, wenn ihm danach
zumute war. Es lief einem kalt und heiß den Rücken
herunter, wenn er »Der Damm zerreißt, das Feld
erbraust« und andere wetterharte Verse rezitierte.
Die Liebschaft zu Goethes Dichtung war älter als
seine Entdeckung der Römer und ihrer klagenden,
aber kristallklaren Sprache, und so entschloss er
sich, dieser Reihenfolge gemäß zuerst die deutsche
Literatur und erst danach die römische Geschichte
zu studieren und daraus schließlich einen Beruf zu
machen, der ihn zum Staunen brachte.

Dr. Aegidius war Lehrer mit Leidenschaft für
Deutsch und Latein in einer Schule, die nach Friedrich Fröbel benannt war, dem Initiator der Vor-
schulerziehung, und er war ein Experimentator wie
jener. Er kreuzte unentwegt die Kultur der Römer
mit dem Geist der Goethezeit. Hielt er des Weimarer Meisters »Legende vom Hufeisen« wie eine we-
hende Fahne empor, um seine Schüler zu Spar- und
Genügsamkeit zu erziehen, dann schickte er gleich
noch das Wort eines alten Lateiners hinterher, um
den praktischen Nutzen der Parabel zu illuminieren: »Magnum vectigal est parsimonia – die Spar-
samkeit sei eben auch ein großes Einkommen«, ora-
kelte der Freigeist, und dann hob er sich aus den
profanen Spruchbeuteln in lichte Höhen empor und
schwelgte in den »Römischen Elegien«, die er als

Credo der freien Liebe angesehen wissen wollte, obwohl man diesen Kult bei dem Junggesellen gar nicht vermutete. Seine gedanklichen Sprünge waren mitunter halsbrecherisch, aber man ließ ihn gewähren. Die Schüler bestaunten seine intellektuellen Wagnisse und applaudierten dem Mut des Dialektikers, der dahintersteckte.

Es waren *zwei* Fächer, die Dr. Aegidius lehrte, aber er tat den Stoff beider in ein Gefäß. Er hatte sich dieses Prinzip, das Fach Deutsch mit dem Fach Latein unentwegt zu vermischen, durch gesiebte Geistigkeit erstritten. Es nahm ihm diese Art des Unterrichtens keiner übel, auch wenn der Lehrplan dies gar nicht zuließ und Direktor Flavius Winkelmann die Augen verdrehte, wenn man auf Dr. Aegidius' Lehrmethoden zu sprechen kam. Die Fröbel-Schule war ohnehin ein eigentümlicher Fremdkörper im allgemeinen Schulsystem, das auf die Mitnahme aller Schüler zu den verkündeten Klassenzielen kapriziert war. Es sollte keiner zurückbleiben, hieß es, aber der Horazsche Grundsatz »Der eine bedarf der Zügel, der andere der Sporen« bekam durch die an der Fröbel-Schule strapazierten Interpretationskünste von Dr. Aegidius eine andere Lesart. Die Zügel für die Faulen, die weniger Begabten, waren lang, die Sporen für die Fleißigen und Talentierten umso spitzer, so dass man – was die Physiognomie der Einrichtung betraf – von einer Eliteschule sprechen konnte, in der die einen immer Ferien hatten, die anderen immer in Bewegung, in geistigem Aufruhr waren.

Dr. Aegidius war nicht nur Junggeselle, er war auch sonst in jeder Weise unabhängig. Er gehörte keinem Verein, keiner Partei an. »Femina est canna diaboli – das Weib ist der Ruf des Teufels«, über diese verbrauchte Weisheit kokettierte er mit der eigenen Unbeweibtheit, und was das Vereinswesen und die Parteienwirtschaft betraf, so ließ er auch dort keinen Zweifel daran, dass er dies alles für Höllenfeuer hielt, in dem die Vernunft verbrannte. Die harten Urteile standen in einem sonderbaren Missverhältnis zu seiner toleranten Erscheinung, waren andererseits aber prätentiös genug, um den Adel seiner Gesinnung herauszustellen.

Dr. Aegidius war trotz oder vielleicht gar wegen seiner ideal gespannten Statur von zerbrechlicher Innerlichkeit. Sein Gesicht, von Oragenhaut zart gestreift, trug jene feine Entzündung des Gewebes an die Oberfläche, die nach lärmender Gesundheit aussah, in Wirklichkeit aber ein stilles Bersten im Innern prophezeite. Die spröde Äderung auf seinen glatten Wangen, hieroglyph verflochten, floss bis in die Kerben einer spitzen und markanten Nase, die von zwei auffällig scharf eingeknickten, schwarzgrau gesprenkelten Augenbrauen flankiert war, was seinem Aussehen eine jungenhafte Heiterkeit und Spitzbübischkeit verlieh. Dazu passten, von einem Hauch Insurgenz umspielt, die wasserblauen Augen.

Die tadellose Kleidung, die er Tag für Tag zur Schau stellte, unterstrich die Singularität seiner Erscheinung. Auch diese war – wie sein Körper – mit zierlichen Auffälligkeiten versehen, die man im Gedächtnis behielt. Ein Seidenschal, ein erlesenes Kavalierstuch, ein matt schimmernder Manschettenknopf, an manchen Tagen ein kunstbemalter Schirm betonten seine Vornehmheit. Zusammen mit seiner Gelehrsamkeit legten sie einen Abstand zwischen ihn und seine Umgebung, der schwer zu überwinden war.

Je nach Stellung im Schulgefüge begegnete man Dr. Aegidius mit Bewunderung, mit Respekt, mit Zurückhaltung, manchmal mit ein wenig Skepsis. Seitdem man herausbekommen hatte, dass er Goethes »Faust«, den ersten Teil, aus dem Gedächtnis herzusagen wusste, obwohl man nicht glauben mochte, dass ein einziges Gehirn das intellektuelle Epos vollständig aufbewahren konnte, war man schon in Hochstimmung, sobald man den Kathederhelden nur erblickte. Er schien als Lehrer unantastbar.

Es gab nur einen Punkt, der ihn verletzbar machte. Er hatte, wie es da und dort schon durchgeschimmert sein dürfte, sein Gehirn so mit lateinischen Redensarten zugepflastert, dass ihm ständig ein Brocken daraus entfiel. Er begann den Unterricht stets mit dem imperativen Gruß »Carpe diem!« und beendete die Stunde mit einem »Consummatum est«. Wenn ein Schüler, selten genug in seinen Fächern, einmal ungezogen war, sagte er nicht »Beherrsche dich«, sondern »Compesce mentem«, Bornkessel, oder wie der Knabe sonst hieß, und wenn er die Dummheit mehrerer geißeln wollte, sprach er vom »Asinus asino pulcher« und schmunzelte über die derbe Anspielung, wonach ein Esel einem Esel eben schön erscheint. Wenn Streit in der Klasse war, sprach er vom »Casus belli«, wenn sich einer versprach, monierte er den »Lapsus linguae«, und wenn einer etwas vergessen hatte, bemühte er den »Lapsus memoriae«. Und so ging es fort. Vom Anfang bis zum Ende seiner stündlichen Lektionen streute er die lateinischen Idiome aus, als wären sie das gebräuchlichste Segment gewöhnlicher Unterhaltung.

Mit der Zeit machte sich die Schule über das wandelnde Lateinbuch lustig. Da und dort berührte die Besessenheit, mit der Dr. Aegidius den Besitz der toten Sprache demonstrierte, die Schwelle der Lächerlichkeit. Es entstand die Gefahr, dass der eine oder andere Schüler wegen Übersättigung nur einen geeigneten Augenblick abwartete, um den Lateinfrust auszuspucken und die Wand niederzureißen, die zwischen Dr. Aegidius und der übrigen Schulwelt aufgebaut war, auch wenn das keinem zustand und es sich bislang auch keiner zugetraut hatte.

Zu diesem für Dr. August Aegidius kritischen Zeitpunkt kam Florian Fliederbusch an die Schule.

Er war Geographielehrer und hatte sich die Befähigung, dieses Lehramt wahrzunehmen, in einem Schnellkursus erworben, den die Nachkriegsregierung eingerichtet hatte, um – wie es hieß – fortschrittliche Neulehrer der weithin bürgerlich geprägten, konservativen Lehrerzunft beizumischen.

Fliederbusch kam aus russischer Gefangenschaft und hatte dort, indem er selbst belehrt wurde, eine Liebe zur Schulmeisterei entdeckt, die etwas Bekenntnishaftes hatte. So rüstete der ursprüngliche Bahnpostfahrer seine musterhaften Ortskenntnisse, die er sich auf mannigfachen Eisenbahnfahrten quer durch Deutschland, Karten und Briefe sortierend sowie Post- und Geldsäcke ein- und ausladend, erworben hatte, mit ein wenig Pädagogik auf und mutierte zum Lehrer für Geographie. Man würde es sich zu einfach machen, sich Fliederbusch daraufhin nur als unbedarften Gesellen, als ungebildeten Brief- und Pakettransporteur vorzustellen, der die Streckenführung der Eisenbahn an Orts- und Stationennamen festzumachen versuchte. Seine Kenntnisse waren umfänglicher. Er kannte nicht nur die Haltepunkte der örtlichen Geographie, er konnte die Koordinaten des Globus bestimmen, er wusste, an welchen Stellen sich Völkerwanderungen vorbereiteten, an welchen Punkten tektonische Verschiebungen stattfanden, er ahnte etwas von den ungeheuren Dimensionen der Galaxien, den exzentrischen Bewegungen der

Gestirne, von den rasenden Geschwindigkeiten, die man verständnishalber in Lichtjahren verlangsamte, und er versuchte, sich diese ganze Welt in einen Zustand hineinzuträumen, der sie brauchbar machte für seine ansonsten einfachen Gedankenspiele.

Die Geographie der Erde und die der Sterne, ihrer Figuren und Ansammlungen, waren ein Hobby von Fliederbusch, dem er schon früh frönte, wenn er auf seinen Bahnpostfahrten Pausen hatte, wenn er übernachtete in fremden Betten und Ortschaften und entdeckte, dass dort die Himmelsbilder ein wenig anders standen als zu Hause. Das war es, was er erreicht hatte, zu anderem Bildungsluxus hatte er weder Zeit noch Geld gehabt. Sein Wissen rekrutierte sich aus Anschauung, aus sanftem Philosophieren über die Erde und ihre Gegenspieler, aber in dieser spirituellen Begrenztheit war sein Erkenntniswille unbändig, und so hatte es Fliederbusch in Geographie und allem, was damit zusammenhing, zu einer gewissen Kennerschaft gebracht. Zurückgewiesen wurde man dagegen, wenn man mit ihm über andere Bereiche sprechen wollte, über Literatur, Theater, Musik, fremde Kulturen, auch Physik und Mathematik, da vertuschte er sofort seinen Wissensrückstand, indem er aggressiv wurde. Es war ja häufig zu beobachten, dass sich etwas Doktrinäres einstellte, wo man aus Unbildung oder Halbwissen handelte, und so spannte auch Florian

Fliederbusch einen Schirm über sich, sobald man einen Mangel an ihm entdeckte, und schützte sich durch flotte Sprüche und ungestüme Argumente, die die Wirklichkeit verzerrten.

Fliederbusch war in einem Haushalt aufgewachsen, den man gemeinhin einen Arme-Leute-Haushalt nannte. Er lebte zusammengepfercht mit sozial benachteiligten Eltern in der Dachwohnung eines kleinen Reihenhauses am Rande der Stadt und hatte einen Vater mit durch die schlechten Zeiten zu schleppen, der nur noch ein Bein hatte und dessen andere einigermaßen heile Knoche zu allem Überdruss auch noch eine schwärende Wunde trug. Florian hatte schon als Kind gehörig zum Unterhalt der sechsköpfigen Familie beizutragen. Immer musste er durch Tätigkeiten wie Ährenlesen, Kartoffelnstoppeln, Hamsterjagden und andere simple Arbeiten erkleckliche Vorräte heimtragen, die die Eltern und die Geschwisterschar zum Verzehr benötigten.

In diesen bedrängten Kindertagen hatte er Wahrheiten gesammelt, die einfach zu begreifen und mühelos zu handhaben waren. Hilf dir selbst, so hilft dir Gott, lautete eine davon, obgleich er an den Übermächtigen nicht glaubte. Eine andere hatte mit einer bösen Geschichte zu tun, die ihn bald selbst einmal ein Bein gekostet hätte. Als die Not groß war, Äcker, Heide, Flüsse, vor Frost erstarrt, nichts mehr hergaben als klirrende Erd- und Eisklumpen und er, angestiftet von Angst und Hunger, an einen reichen Bauernhof klopfte, hatte ihm ein hinterhältiger Köter fast die Wade zerfetzt. Der Großbauer hatte das wilde Tier auf ihn losgelassen, nur weil er ein paar Pfund Mehl ergattern wollte. Er musste auf einem Pferdeschlitten durch meterdicken Schnee heimtransportiert werden. Wie die Pferdebeine zu schnellem Lauf angetrieben wurden, um ihn vor einem Wundbrand zu bewahren, da glaubte er die Parole auf eindrucksvolle Weise bestätigt, die er sich schon lange als Erfahrung bewahrte, dass nämlich Armut schänden kann, Reichtum aber ein Werk des Teufels war. Und diesen Teufel, dem er gerade wieder begegnet war, musste man der Menschheit austreiben. Diese bedrohliche Verkennung der Welt wurde vom Vater unterstützt und von den Russen, in deren Gefangenschaft er geriet, durch Schulung weiter aufgepäppelt. Fliederbusch versteckte den Hass auf alles Wohlhabende tief in seiner Brust und nährte ihn, als er ins Nachkriegsleben eintauchte, beständig durch neue Vorbehalte gegen alles, was seiner Herkunft nicht gemäß war, gegen alles Vornehme, Distinguierte, Literarische, Kulturgeschwätzige, mit einem Wort, gegen alles Nicht-Proletarische.

Die Fröbel-Schule war ein freundlich anmutender Bau, sachlich, hell und licht, mit dem Charme der Neurenaissance und mit ein wenig Bauhaus vermischt. Ihre großartig flutenden Fensterfronten spiegelten sich in der gelbgetünchten Kirche wider, die ihr gegenüberlag und deren Turm höher und schiefer war als der von Pisa.

Als Fliederbusch Dr. August Aegidius das erste Mal begegnete, wärmte eine milde Septembersonne das geschundene Land und warf ihre immer waagerechter werdenden Strahlen in das große Vestibül der vornehmen ländlichen Bildungsanstalt, so dass alles wie ein beleuchteter Festsaal aussah, mit tanzenden Kringeln an den Wänden und zitternden Lichtpünktchen an den kunstvoll geschmiedeten Treppengeländern.

Dr. Aegidius trat aus dem Strahlenbündel, das den Raum spielerisch illuminierte, heraus, und Fliederbusch ging den Sonnenstrahlen entgegen, aber trotz dieser vorteilhaften Konstellation fühlte sich der Neulehrer, als sich ihre Wege querten, sofort wie ein Geblendeter, wie ein Niedergeworfener. Der tänzelnde Freigeist, der esoterische Lateiner war an ihm vorbeigehuscht wie eine spirituelle Erscheinung, ohne Blickkontakt, ohne Gruß. Ein Gefühl von Fremde erfasste den in der Schule neu Ankommenden, und wenn er später über die flüchtige Begegnung nachdachte, schien dies ihm der Augenblick gewesen zu sein, wo er sich August Aegidius zum Feind erkor. Zu armselig war sich Fliederbusch vorgekommen, als der vor Schwung und Stattlichkeit strotzende Jünger der klassischen Fächer teilnahmslos an ihm vorüber aus dem Schulgebäude ins Freie gestürmt war. Er sah an sich hinab auf die zerknitterte Hose, die zerschundenen Schuhe aus Igelit, seine Hände glitten am zerfransten Jackett aus grauem Tuch hinauf bis ins schwarze Stoppelhaar, das den runden Schädel wie einen klobigen Kaktus einfasste, und mit einem Mal wusste er, dass das knorrige Männchen mit den entzündeten Augen, das deutscher Untergang und russische Gefangenschaft von ihm übrig gelassen hatten, es schwer haben würde, sich in der neuen Freiheit zu etablieren. Er verständigte sich mit sich selbst und kam zu dem Schluss, dass er zwar im Gemüt ein wenig angeschlagen, in Kopf und Herz aber intakt sei. Hatte er Krieg und Belehrung mit Glück und Trick mannhaft überstanden, so sollten ihn erst recht nicht die alten bürgerlichen Pauker in der Heimat unterkriegen.

Und damit war er wieder ganz bei sich selber angekommen, bei dem Mann mit den flotten Sprüchen und dem gewitzten Strategen, der schon früher in den Bahnpostwagen alles so vorsortierte, dass er auf den Stationen in Minutenschnelle ein freier Mann war und sich seinen kosmischen Träumereien hingeben konnte, die ihn mitunter bis ans unsichere Ende der Welt führten.

Noch ehe für Fliederbusch die Möglichkeit heranreifte, Dr. August Aegidius wiederzutreffen, fragte er einige Schüler in den ihm für die Geographiestunden zugeteilten Klassen, wer eigentlich dieser

Hosenjodler sei, der hier aufgeputzt wie ein Pfau durch die Gänge stolzierte. Die Schüler stutzten und grinsten verschämt, und auch wenn sie es erst als Frechheit empfanden, wie respektlos der kleine Zwerg mit ihrer Lichtgestalt umging, so gefiel ihnen doch die heimliche Entzauberung des lateinischen Rhetors, zumal Fliederbusch mit der Zeit ein ganzes Arsenal an heimtückischen Beobachtungen auffuhr, das Aegidius moralisch schmähte. Schneller als gedacht waren Dr. Aegidius ein paar schmerzhafte Merkmale angehängt, die ihn entzauberten.

Mit seiner Arme-Leute-Philosophie hatte Fliederbusch in wenigen Wochen ein gutes Dutzend Schüler auf seine Seite gebracht, die nun als junge Eiferer ihren Mentor unterstützten und so taten, als müsste man einem frommen Mann die Maske vom Gesicht reißen. Plötzlich wurde in bestimmten Schülerkreisen das Fach Latein verhöhnt als Sprache von Sklavenhaltern, eine willkommene Ablenkung für Schüler, die aus Aegidius' Lektionen nur Vieren nach Hause brachten.

Eines Tages hieß es, Aegidius, der Junggeselle, würde des Nachts auf den Bahnhöfen der nahen Residenzstädte herumstreunen und sich wie ein brünstiger Hirsch aufführen. Überhaupt wäre dem Mann von angeblich vornehmer Abkunft der Adel seiner offenbar vorgetäuschten Gesinnungen gar nicht mehr anzumerken, wenn er in den verräucherten Kneipen der Bahnhofsviertel die Weiber über den Tisch zog und ihnen ungeniert unter die Röcke griff. Man konnte sich diese Bilder nicht vorstellen, wenn man Dr. Aegidius in den Unterrichtsstunden agieren sah, aber doch funkelte dieses Zwielicht, das von Fliederbusch geheimnisvoll durch die Schule getragen wurde, wie durch einen geheimen Zerrspiegel zerstäubt, durch alle Ecken und Ritzen der Klassenzimmer und ramponierte den Ruf des großen Rezitators. Der heiße Wind, der durch solcherart Nachrichten in die Fröbel-Schule wehte, erregte die Gemüter und verkleinerte den Abstand, der durch Bildung zwischen Dr. Aegidius und seine Schüler gelegt war. Die Dreistigkeiten, vor allem der weniger Gebildeten, nahmen in Wort und Tat zu, und Fliederbusch, der die Revolte mit versteckter Besessenheit schürte, sonnte sich in öffentlicher Unschuld und tat so, als würde er den Gepeinigten noch bemitleiden.

Am Tage, als ein paar besonders freche Kadetten der schulischen Einrichtung Aegidius einen nackten, gefesselten Engel auf das Pult gestellt hatten, an den sich der Lateiner in deutlicher Erregung auf allen vieren heranpirschte, eine Montage von beachtlicher Kunstfertigkeit, delektierte sich Fliederbusch mit einer für diese peinliche Situation aufschlussreichen Bemerkung, die Aegidius stutzig und nachdenklich machte. Fliederbusch offerierte seinem Kollegen die Auffassung, dass es vielleicht für ihn, Aegidius, das Beste wäre, sich wie weiland sein Namenspatron aus dem alten Athen ein Kloster zu bauen, es mit Lateinbüchern vollzustopfen und sich mit ein paar Gesinnungsbrüdern dorthin zurückzuziehen, dann wäre er der ungehobelten Schülerbrut dieser Thüringer Penne nicht mehr wie Freiwild ausgesetzt.

Tags darauf baumelte Dr. Aegidius ein Fuchsschwanz an der blähenden Pelerine, als er das Schulgebäude verließ. Der Fuchs war schlau, aber ein Wolf war ihm auf den Fersen. Über die Niedertracht lachte die halbe Ortschaft. Die anständigen und strebsamen Schüler waren bestürzt, aber sie fanden kein Widerwort gegen den Tort, den man ihrem einst gehuldigten Idol antat. Direktor Winkelmann ängstigten zwar die derben Späße, und er fürchtete um den Ruf der Anstalt, konnte sich aber zur Gegenwehr nicht entschließen, weil er sich einen Gewinn davon versprach, wenn der eigentümliche und eigensinnige Lehrer einmal einen Dämpfer abbekam.

Dr. Aegidius bewahrte die Contenance. Die Schmach ließ sich aber nicht verjagen, sie beherrschte seinen Schlaf, bewohnte seine Nachtgedanken, breitete sich aus wie ein schwarzes Ungeheuer, das mit seiner Vielbeinigkeit sein geordnetes Leben zertrampelte. Ihm schnürte es die Brust zu, wenn er morgens vor dem Spiegel stand und an die Schule dachte, an die frechen, nimmersatten schwarzen Gerüchte, die täglich wie aus einem feurigen Kessel emporbrodelten und alles vernebelten und entstellten, was für seinen Lebenskreis von Belang war. »Apage Satana!«, rief er dann ins versilberte Glas hinein, ohne überzeugt zu sein, dass der Leibhaftige damit zu vertreiben war, und sein Gegenbild grinste ihm die Vergeblichkeit dieser Erwartung auch sofort entgegen.

Sollte Bürgerlichkeit mit allen ihren Tugenden, Eigensinn, Mut und Tapferkeit, tradierter Bildung und dem ausgeprägten Sinn für Zeremonielles, sollte dies, wie er manchen infamen Sticheleien entnehmen konnte, tatsächlich eine Art Blutschuld sein, wenn sie des Sozialen, des Politischen entbehre? Aus der Tiefe kam der Mensch, »de profundus« sagten die Lateiner, nicht aus den Verhältnissen, wie Fliederbusch es lehrte, und ob er den neuen Verhältnissen der Nachkriegszeit im verwinkelten Thüringer Bergland eine individuelle, eine nur auf ihn zugeschnittene Glaubwürdigkeit abringen konnte, da war sich Dr. Aegidius nicht mehr sicher.

Während er dies dachte, ging ein erbärmlicher Verrat ins letzte Glied. Sein Lieblingsschüler Rombusch, ein unheldischer, hochbegabter Junge, der aus den unteren Schichten des Volkes kam und der Aegidius verehrte wie die Jünger Jesus, schwenkte auf den Proletarier Fliederbusch um und baute mit ihm an einer neuen Heiligengeschichte. Der Wechsel kam so abrupt und war so quälend für Aegidius, dass er fast die Fassung verlor. Das Eruptive jener Zeit wurzelte in allen Winkeln und schleuderte Bündel von Menschenseelen aus der glühenden Lava, die sich selbst nicht wiedererkannten. Er hätte es wissen müssen, der alte Lateiner, »omnis homo mendax – alle Menschen sind – oder werden – Lügner«, wenn sie eine Fahne wehen sehen, die im Sturm vorangetragen wird und in deren straffen Winden man vielleicht den Gipfel erreichen kann.

Dr. Aegidius schreckte auf und handelte erbarmungslos schnell. Seines heiligen Vorfahren eingedenk, verschenkte er gewissermaßen über Nacht sein Hab und Gut an Nah- und Fernerstehende und türmte überstürzt in einer trüben und dunklen Novembernacht über die Ausläufer der Rhön hinweg ins Hessische. Auf diesen holprigen Wegen warf man damals häufig seine Konflikte ab und ließ sie in den Rinnsteinen vom Regen in eine Vergangenheit hinunterspülen, derer man sich nicht erinnern wollte.

Florian Fliederbusch, der kleine knorrige Mann, der Eleve eines neuen Zeitalters, wie er glaubte, der Neulehrer, den die Abgründe nicht peinigten, in die er hinuntersah und nach seinem dürren Menschheitswissen suchte, schlenderte in den nahenden Winter hinaus, streifte die beginnende Kälte von sich ab, kappte wie ein ungezogenes Kind die schon froststeifen Spitzen der jungen Bäume, an denen er vorüberkam, und hauchte unentwegt ein böses Wort in die kalte Nacht, dessen Sinn man nicht entschlüsseln konnte.

DER POSTRÄUBER

Alles hatte mit dieser merkwürdigen Einladung begonnen, er möchte doch geruhen, am letzten Samstag im September nach S. zu kommen, um an einem Treffen von Postlehrlingen teilzunehmen, die vor fünfzig Jahren einmal zusammen Telegramme angenommen, Briefe sortiert, Pakete ausgetragen hatten.

Wie sich das anhörte, er möchte geruhen. Das Komitee, das die Einladung veranlasst und für das Marieluise K. ihren Namen hergegeben hatte, griff offenbar bewusst auf altes Sprachgut zurück. Man wollte dem irritierenden Zusammentreffen einen Hauch von Fremdheit geben. Man möchte doch geruhen, das war die Sprache altfränkischer Heldenepen, von der sich ein matter Abglanz in den Gesten deutscher Postillione und den Rüschen ihrer amourösen Postkutschen festgesetzt hatte, die einst auf holprigen Landstraßen eine ausgelassene Reiselust zügelten, indem sie das fahrende Personal durchrüttelten wie der Schüttelfrost den Fieberkranken.

Ihm kam es komisch vor, dass er sich huldvoll herablassen sollte, nach S. zu kommen, denn nichts anderes bedeutete ja geruhen, aber er nahm das altertümelnde Angebot an und machte sich auf den Weg in die romantische Stadt. Er nahm die Eisenbahn, nicht das Automobil, um der Zeit zu entsprechen, in die er hineinfuhr, und rollte in sanften Windungen das Flusstal aufwärts, in dem einst die deutschen Burschenschaften gegründet worden waren. Er fuhr durch Orte, wo Karl Marx seinen Doktorhut erworben, wo Otto I. eine Königspfalz befestigt und Goethe ein paar auf steilen Kalkfelsen thronende Schlösser wie seine Privatherbergen verwaltet hatte.

Der Tag war freundlich, warm und sommerlich. Friedrich Fahrenhorst, sonderbar die eigenwillige Sprengkraft zwischen seinem Ruf- und Vaternamen, schwebte durch das Land wie auf einem Zauberteppich, schaute in die bunt betupften Wälder und ließ seine Gedanken aufsteigen bis auf deren bläulich durchwirkte Gipfel. Durch die laue Luft schaukelten weiße Fäden wie Engelshaar und wurden manchmal von einem sanften Fallwind in glitzernden Staub zerrieben. Überall in den Dörfern, an denen er auf blank geschliffenen Gleisen vorbeiflog, rüstete man sich für die großen Maskeraden des Herbstes, fröhliche Kirmesbälle, die man auf prahlerisch bemalten Plakaten marktschreierisch anpries.

Als der Zug in S. einfuhr, holperte es nicht mehr

wie in den fünfziger Jahren, wo man glaubte, aus dem Wagen geschleudert zu werden, wenn man eine Weiche passierte. Alles, die Suche der Bahn nach dem richtigen Gleis, dem vorgeschriebenen Tempo, der vollkommenen Neigung, geschah geräuschlos. Ein leises Gesumm nur dirigierte die strengen Bewegungen.

Friedrich Fahrenhorst hatte sich vorgenommen, wenn er ankam, alle Punkte aufzusuchen, die ins Koordinatensystem seiner jugendlichen Jahre gehörten. St. Johannis himmelreckender Turm stand fest wie vor einem halben Jahrhundert. Das Rathaus protzte mit seinem vieleckigen Treppengehäuse. Aus Wohnhäusern und Apotheken leuchtete die Renaissance wie aus fernen Spiegeln. Erfrischend altdeutsch der Anker an der Ostseite des Marktplatzes. An der Westseite das alte Hotel »Zum Hirsch«, die einstige Nobelherberge der Stadt, die zum Sozialamt mutiert war. Hier ging jetzt die Armut ein und aus. Mit Wehmut dachten die verwöhnten Räume an den Fabrikanten M., der einst mit Schokolade und Likör so viel Geld verdient hatte, dass er die feinen Appartements mit erlesenen Tapeten, die Festsäle mit springenden Brunnen, Lüstern und Kandelabern verzieren und die Küche mit Wachteln und Fasanen und anderem zarten Wildbret bevorraten konnte, so dass das herangelockte Publikum, wenn es fortging aus dem grünen Herzen Deutschlands, ein schönes Lebensmuster mitnahm: Heiterkeit.

Vorbei. Versunken in Tristesse Bergrondell und Park des Fabrikanten. Verblichen Teehäuschen und Liebestempel. Auf den früher in bunter Blütenpracht leuchtenden Mulden weideten die Schafe. Verdorrtes Gras rundum, verdorben wie die Träume, die auf diesen Wiesen spazieren gegangen waren. Unaufgeräumt die Wege, auf denen Friedrich Fahrenhorst Mädchen aus dem Gebirge schüchtern über die weißen Kiesel führte. Auch im Gambrinus stand der runde Tisch nicht mehr, wo er dem sagenhaften Bierkönig manches Glas abgetrotzt hatte und wo er den jungen Schönen, die noch die Schulbank drückten, den großen Mann vorspielte. Aus dem Restaurant war ein Fundbüro geworden, ein diffuses Warenlager, in dem man herumkramte wie in einem alten Knopfkasten. In der alten Schenke nebenan, einem mittelalterlichen Loch mit Mauern dick wie Kasematten, verzweigten Gängen und Stübchen, tief in den Schieferfels getrieben, hatte sich ein Wichtigtuer einquartiert, ein junger Snob, der amerikanische Klamotten an ein Bergvolk verkaufen wollte, das mit Drillichhemd und Leinenschürze aufgewachsen war. Nichts mehr erinnerte an den Rummelplatz der Nachkriegszeit, das Eldorado der Wismut-Schürfer, die hier einst ihr Deputat versoffen.

Den entfremdeten Lokalen gegenüber, Vorratskammern voller Zeit- und Lebensbilder, Stätten dreister Streiche und frevelhafter Angeberei, leuchtete das Postgebäude in gelber Tünche. Verzierte Erker strahlten wie kalte Sonnen in den breiten Boulevard. Hinter steilen Fenstern ein Sammelplatz von Neuigkeiten, der Bahnhof ersehnter und unverlangter Botschaften.

Hier hatte Friedrich Fahrenhorst, ein Anwärter auf höhere Weihen, gearbeitet. Nach kurzer Zeit, als er den Facharbeiterbrief in der Tasche hatte, war er dem gelben Riesen davongelaufen, vom Reich der Nachrichten in das Reich der Bücher. Zurück blieben die Freunde der Jugend, enttäuschte Lehrer, staunende Kollegen, pubertäre Erinnerungen, Alpträume an Postsäcke und Brieftaschen, Transporteidechsen, Zeitungsgewölbe, Stempeltische und Sortiermaschinen, an den Massenkram von Aufklebern und Formularen.

Nun war er wieder da in der verträumten Stadt, sog den Duft der Bratwurst in sich hinein, die auf offenem Rost zum Leckerbissen heranbrutzelte, stolperte über altes Kopfsteinpflaster das Klosterfeld hinauf, durchquerte die biederen Villenviertel. Auf wie viel Höfen wurde er bei klammem Licht von Amors Pfeil und Bogen getroffen? Er wusste es nicht mehr. Dann kam er an im Waldschlösschen, der Herberge mit den schrägen Zimmern, wohin er aufgefordert war einzukehren, um die Zeit ein halbes Jahrhundert zurückzudrehen.

Als er den Raum betrat, war das Treffen schon in vollem Gange. Geschwätz, Gemurmel an allen

Tischen, Lachen, Seufzen, Staunen, Wiedersehens-
rufe. *Du hast dich nicht verändert. Ach, wie schade.
Wir sind alle älter geworden. Oh, wie schlimm.
Wer bist du? Ach ja! Ich bin nur nicht darauf gekommen.* Komplimente und Lügen. Sonja aus Wup-
pertal, Fred von der Pleiße, Felix aus Altenburg,
Fritz aus Berlin. *Ach, da ist ja auch unser Mann
aus dem Schwarzwald.* Und Sperber aus Konstanz,
Riemenschneider aus Bottrop, eine Schar von in
S. Sitzengebliebenen, Bodenständige und Herum-
treiber, Heimattümler und Globetrotter. Bilder
werden hervorgekramt, Geschichten erzählt. *Weißt
du noch, wie wir Bahnpost gefahren sind, wie wir
in die Blumentöpfe gepinkelt haben? Erinnerst du
dich jenes Irrwegs an der Zonengrenze?* Geplapper,
Gekicher. Trinksprüche. Lapidares und Nachdenk-
liches. Biographisches. Verworrenes, Seltsames,
Mystisches. Fünfzig Jahre danach. Verblasste Jugend im Zeitraffer. Plötzlich die Frage: Wo ist Maximilian? Der fahle, schmächtige Junge, das kleine
Glühwürmchen aus dem Wildkräutertal. Wird er
kommen? In jedem stieg eine Leuchtkugel hoch,
ein Glimmer Erinnerung an den kleinen Mann mit
dem klangvollen Namen, der kein Erwählter war
wie der römische Kaiser, der nicht mit Pasteten ver-
wöhnt wurde, nicht mit Süßigkeiten, der sich schon
als Kind das karge Stück Brot auf den steilen Ge-
birgsfeldern seiner alleinstehenden Mutter aus dem
kleinen Körper herausschwitzen musste; der erfin-

dungsreich jedes Scharmützel seiner armseligen Kinderjahre ohne Verletzung von sich abstreifte, der jedem chronischen Mangel der Nachkriegszeit durch kuriose Rochaden abhalf.

Maximilian Klingpeil machte immer eine Tür auf, die zum Paradies führte. Als er es geschafft hatte, auf der Post anzufangen, um, wie seine Mutter behauptete, Beamter zu werden, auf Lebenszeit, verunglückte seine zielstrebige Phantasie und führte ihn auf einen Pfad, den die Postverwaltung als frevelhaft bezeichnete. Maximilian nahm die Päckchen, die aus einer veritableren Weltgegend kamen als der seinen, einfach mit nach Hause, weil, wie er es sich feinsinnig zusammensortierte, darauf »Geschenksendung« gestanden hatte, und ein Geschenk sei bei dem richtig am Platze, meinte er, der es gebrauchen konnte und es zu schätzen wusste. Man musste Maximilian aus dem Postdienst entfernen.

Die wenigsten in der Runde hatten seither seine Wege gekreuzt. Nur so viel wusste man, der kleine quirlige Gelegenheitsdieb war sesshafter Bürger in einer Residenzstadt geworden und hatte wechselnden Professionen offenbar immer das Beste abgewonnen. Und nun kam er, besser gesagt, er stürmte in den Raum, wie in ewiger Eile. Mit fahrigen Bewegungen streute er Grüße aus und besetzte hastig den freien Platz neben Marieluise, der Einladerin. Die Gespräche wurden leiser, in sich gekehrter. Jeder kroch in seine Schutzhöhle, überlegte, womit man die strapaziöse Stille überbrücken könnte, die plötzlich eingetreten war. Unsichtbare Barrieren hemmten den Gesprächsfluss zwischen Maximilian Klingpeil und den anderen, ließen den Tausch der Wörter und Sätze gestelzt klingen.

Es war nicht die verjährte Tat, die kümmerliche Beute von damals, die den Abstand heraufbeschwor, sondern das Gespinst an Lüge und Arroganz, das Maximilian zur Schau trug. Damals hatte er über den Großbauern gespöttelt, dem er das Päckchen veruntreut hatte, hatte ihn mit Hohn überschüttet, einen Halsabschneider und Fettwanst genannt und die ganze Bagage verwünscht, die sich auf dessen Hof tummelte. Seinen Diebstahl hatte er in das Licht eines Gerechtigkeitsapostels gerückt, eines Selbsthelfers, Namen wie Robin Hood, wie Karl Stülpner waren gefallen. Taschenspielereien, böse Verdrehungen. Er hatte sich nicht wie ein Gezeichneter davongeschlichen, er war wie ein Sieger von der Bühne abgetreten.

In dieser Pose erstickte auch jetzt seine Glaubwürdigkeit, als er erzählte, was er alles geschafft, wen er alles aufs Kreuz gelegt hatte, erst die Funktionäre, jetzt die Spekulanten, einst den Sozialismus, heute das Kapital. Er würfelte mit dem Leben, wie er vorgab, und bediente doch nur seine Halluzinationen. Denn wie er so dasaß und wortreich gestikulierte, wie er zusammenraffte, was nicht sein Leben, aber in Fetzen, auf Zeitungsseiten, in Magazinspalten, in

Fernsehbildern einmal an ihm vorübergezogen war, da erinnerte sich Friedrich Fahrenhorst plötzlich an den spitzfindigen Lebenskünstler, wie er in einer Baracke gestanden, in Zolluniform und amtlicher Schirmmütze in Waren herumgekramt, die Stirne kraus, den schmalen Mund zum Grinsen verzogen hatte und forschen Wortes Anordnungen an Kameraden und Umstehende diktierte.

Friedrich Fahrenhorst, der feinsinnige Intellektuelle, rümpfte die spitze Nase, wenn er an die fatale Situation dachte, die ihn in die unwohnliche Zollbude gebracht hatte, in der Maximilian das Regiment führte und wo er ihn auf Anhieb, hinter der amtlichen Fassade der Uniform, erst gar nicht erkannt hatte. Friedrich Fahrenhorst hatte bei der Einfahrt in die Grenzstation in einem Buch von Ernst Jünger gelesen, einem in thüringischen Grenzpolizeiorten verpönten Literaten, war aufgespürt und einer näheren Kontrolle unterzogen worden. Als er seinen Koffer öffnete, kam eine kleine Bibliothek zum Vorschein, verrückte Bücher, »Der Schakal«, »Mutmaßungen über Jakob«, »Der Weg nach Oobliadooh«, »Der Mythos von Sisyphos«, Titel und Namen, die der Zoll verdächtig fand und die zusätzlich inkriminiert wurden durch eine aufgeschlagene Zeitschrift, in der eine in ein spärliches, durchsichtiges Negligé gekleidete Dame gerade ihre neuerworbenen Nylonstrümpfe hochzog. Die Kofferbibliothek wurde auf einem Holztisch ausgebreitet, dessen Eisenrohrbeine asymmetrisch ausspreizten und der deshalb wie ein schwankender Kahn wackelte.

Der Zollbeamte, der die Prozedur dominierte, bestaunte ratlos die aufgestellte Bücherreihe. Unentwegt rannte er zwischen dem Wackeltisch und dem im Hintergrund agierenden Postdieb hin und her, um seine Entschlusskraft zu stärken, bis er schließlich mit der Order zurückkam, dass das aufrührerische Schriftgut zu konfiszieren sei. Maximilian hatte die Zollmütze, in deren blankpoliertem Schirm sich das westliche Blendwerk spiegelte, ohne dass er es sah, bis zu den Augenbrauen heruntergezogen und dann die Baracke verlassen, wie eine Bühne, im Stechschritt durch eine offene Tür.

Friedrich Fahrenhorst war ohne Koffer nach Hause gefahren. Er hatte sich geweigert, den Torso des Gepäcks wieder an sich zu nehmen, und nun saß er, dreißig Jahre später, dem kleinen Posträuber, dem diebischen Zollbeamten gegenüber und lauschte dessen kuriosen Lebensberichten. Das Lokal, in das sie sich hineingeschmiegt hatten, ein Ort aufgebauschter Gemütlichkeit, ein bisschen Grinzing, ein bisschen Bratwurstbude, lauter geheuchelte gastronomische Verwandlungskunst, schluckte die irrlichternden Geschichten wie ein Trichter, der in tiefe Labyrinthe führte.

Tams & Carfs

Das Geschäft lag genau in der Mitte der langen Dorfstraße, wo sie einen Sprung machte und plötzlich steil nach oben trieb. Der Punkt war die Schnittstelle zwischen Unterdorf und Oberdorf, zwischen Tal und Berg, und danach wurden auch die Bewohner eingeteilt.

Die im Tal wohnten, waren etwas reicher, die auf dem Berg etwas ärmer. Man erinnerte sich nicht mehr daran, wie das gekommen war. Es war das Resultat der Besiedlung dieses malerischen Fleckens, dieser Kerbe zwischen zwei bewaldeten Hügeln, deren weit ausgreifende Fichten und Kiefern wie das Meer rauschten, wenn der Wind in sie einschlug.

Im Unterdorf befand sich die Apotheke, die Drogerie, die lärmende Werkstatt eines Schreiners und Spenglers, eine Glasbläserei, eine mit feinstem Papierkram vollgestopfte Druckerei, die den Heimatkalender herstellte, und die Fleischerei von Gottlieb Fichte, deren Ladenraum ein merkwürdiges Band von Schmuckfliesen umlief, auf denen das Metzgerhandwerk seine tollkühnen Fertigkeiten darstellte. Im Unterdorf wohnten auch ein paar der in der Gegend berühmten Laboranten, die Kräuterschnäpse, Essenzen zum Einreiben, Wundsalben und andere Naturprodukte als ihre Erfindungen feilboten.

Im Unterdorf logierten der Bürgermeister, der Gendarm, die Lehrer einer geachteten Erziehungsanstalt, der Förster und der thüringenweit frequentierte Geigenbauer Alois Worms. Auch das bewunderte architektonische Schmuckstück des Ortes, die Nobelherberge von Franz Heidenreich, lag dort. Ein schmiedeeiserner Anker hing als Wahrzeichen über der prachtvollen Eingangspforte und gab der gerühmten Pension ihren Namen. Vornehmlich sonntags waren die jugendstilverzierten Räume und Nischen des Cafés von Sommerfrischlern überfüllt. Auf der sonnengeschützten Terrasse räkelten sich Natur- und Erlebnishungrige in korbgeflechteten Stühlen und plauderten sich das Wochenwerk aus den Gliedern oder tanzten im kandelaberbestrahlten Ballsaal der neuen Woche entgegen.

Im Oberdorf sorgte man sich um Holz und Herd, um Milch und Brot. Dort wohnten die Holzfäller, die Pflanzer, die Kleinbauern, die ihr Vieh auf die Gebirgsweiden trieben, die Heimarbeiter der Glasbläserei und ein argloser Brot- und Semmelbäcker.

Dort hatte ein Fotograf ein kleines Treppengeschäft und bewarb sich wie ein Bettler um ökonomischen Beistand bei jedem Familienfest. In einer mit Linoleum ausgelegten Stube bemühte sich ein glatzköpfiger Friseur um Bubiköpfe und Igelschnitt. Eine einsame Dame nahm Strumpfmaschen auf und warb in einem Kellergeschoss um die Benutzung ihrer Wäschemangel. Gegenüber füllte eine zittrige Alte Bier in Flaschen ab und sorgte mit ein paar Holzstühlen vor ihrer Haustür für karge Geselligkeit.

Unterdorf und Oberdorf hatten eine eigene Physiognomie. Es war eine eigenwillige Verkehrung gewohnter Erfahrungsmuster wahrzunehmen. Die ins Helle blickten, die dem Himmel näher waren, waren benachteiligter als die, die auf die Erde sahen. Im Tal war Frühling, wo alles gedieh, auf dem Berg Herbst, wo alles verging.

Der Austausch aller Erfahrungen, aller Wahrnehmungen, die Erde und Himmel hergaben, fand in dem Geschäft in der Dorfmitte statt, dem Lebensmittel- und Kolonialwarenladen von Hilfreich Elsässer, wo die Straße den Knick hatte, der jeden Fremden stutzig machte und ihn schon beim Hinaufsehen in Atemnot brachte. Zu Elsässers Laden sagte man nicht »bei Elsässers«, wie es üblich war, wenn man im Dorf ein Geschäft oder eine Lokalität aufrief, nein, der Laden hieß Tams & Carfs, und Hilfreich Elsässer hieß einfach »der Tamser«. Den Namen Tams & Carfs für Elsässers Laden hatten die Leute von dem gelb leuchtenden Emailleschild abgeleitet, das links neben der Türe an der grauen Schieferwand hing und auf dem ein strammer Bursche mit einer Sackkarre erlesene Güter heranschaffte. Darunter leuchtete eine andere Emaille mit dem Spruch »Nirgends sind die Bücklinge so fett wie hier«, und immer dabei die Firmenschleife »Tams & Carfs«, der Hinweis auf einen veritablen Importeur aus Bremerhaven, hinter dessen Adresse sich weitere Genüsse vermuten ließen.

Der Tamser war im Ort eine Berühmtheit, eine Art Zauberer. Er handelte im Fischsortiment nicht nur mit fetten Bücklingen, er hatte zarteste holländische Matjesfilets, Flundern und geräucherten Lachs und, für die Holzfäller im Oberdorf, Schellfisch und Salzheringe in braungefärbter Lake. Für ein Bergdorf war dieses Sortiment ein Wunderwerk und der Tamser der Zauberlehrling, der das alles herbeihexte. Da auch die übrigen Warensegmente, Konserven, Schokolade, Tabake und Zigaretten, Gewürze, Obst und Gemüse, von erlesenem Geschmack und charaktervoller Auswahl geprägt waren, war der Tamser ein Begriff im ganzen Bergland.

Hilfreich Elsässer war hochgewachsen und von strenger, ein wenig abartiger Schönheit. Der Kopf auf den schmalen Schultern glich einer Ziehharmonika. Mit einem Stirnrunzeln konnte er ihn in die Länge ziehen und wieder zusammenfalten. Die Stirn, von Geheimratsecken mächtig in die

Höhe getrieben, floss in zwei wilde Haarbüschel, die ungezähmt bis über die schlanken wohlgeformten Ohren herabfielen und zusammen mit den an den Außenkanten preziös nach oben gezwirbelten Augenbrauen ein geradezu mephistophelisches Aussehen herstellten. Die dunkelbraunen Augen glitzerten wie geschliffene Kristalle und schienen ständig die Farbe zu wechseln, ein Umstand, der bei manchen zu Unmut, bei anderen zu schlaflosen Nächten führte.

Wenn der Tamser in seinem Laden hantierte, feine Gewürze abwog, farbig changierende Bonbons aus großen Glasgefäßen in winzige spitze Tütchen sortierte, Gummischlangen aus blechernen Büchsen hervorholte, Pfeffernüsse in leinene Säckchen füllte, gesalzene Heringe ins Pergament einrollte oder in irdene Gefäße stapelte, dann hatte man den perfekten Kaufmann vor sich, den exzellenten Warenhändler, den schwärmerischen Berater. Wer Elsässer bei der Arbeit zusah, die etwas zu langen Arme mit den feingliedrigen Händen und den langgestreckten Fingern beobachtete, die er sensationell weit nach außen zu einem Halbbogen kräuseln konnte, und wie sie herumkramten in Kästen und Kistchen, in Säcken und Tüten, Fässern, Töpfen und Gläsern, wie er die Folgen des Erwerbs der Ware mit Sätzen beschrieb, wie: so wird entgrätet, so Muskat gerieben, so Gemüse gehäckselt, und wie Tamser danach die Genüsse voraussagte, die seine Handreichungen erzeugten, der wusste, das war Kunst, Kunst der Rede und der Phantasie, die zu einer Physiologie des Geschmacks verschmolzen, die Tamser stets als das Resultat seiner Arbeit im Sinn hatte.

Tamser war Kaufmann mit Leib und Seele. Wenn er in seinen Laden trat, die exotischen Düfte in sich einsog, die Gerüche den Erzeugnissen zuordnete, jeden Hauch von Fäulnis sofort erschnupperte, die bunte Vielfalt mit einem einzigen Blick in Warengruppen und Einzelprodukte zerlegte, auf Anhieb bemerkte, wo etwas fehlte, wo etwas zu Ende ging, sah man, dass er glücklich war und dieses Glück in Bewegungen weiterleitete, in tänzelnde Schritte, gravitätische Gesten, ritterliche Begrüßungs- und Verabschiedungszeremonielle.

Was man nicht sah, war, dass in Tamser alles vibrierte, dass Kopf und Hirn summten, der Körper leise zitterte, dass jeder Handgriff sich mit Tönen vermählte, jede Ware mit Melodien, jedes Produkt die Takte und Rhythmen seines Herkunftslandes herbeirief. Tamsers ganze Kaufmannswelt war Musik. Egal, ob er Leinöl rührte, Sauerkraut abtropfen ließ, Heringe wässerte, Schokoladenbruch einsammelte, Aprikosen wägend schaukelte, es wirbelten Tonfolgen zwischen den Früchten des Erdreichs und der Meere durcheinander, überall perlten Takte herab, jubilierten Lieder, brausten Gesänge, rauschte die Welt wie beim Sommernachtsball.

Hilfreich Elsässer, als er noch nicht der Tamser war, sondern ein Kind, der einzige Sohn des Drogisten Huldreich Elsässer, der die Ortschronik führte und manchen Spaß der Berggemeinde in die Lokalzeitung brachte, hatte auf Wunsch seines Vaters eine Geige bekommen, als er vier war, die der Geigenbauer Alois Worms eigenhändig für ihn bauen musste, ein Prachtstück aus gemaserten Hölzern, die auf beschwerlichen Wegen extra aus Italien eingeführt worden waren. So wollte es Huldreich Elsässer, weil er in seinem Knaben etwas Beschwingtes entdeckt hatte, etwas Musikalisches, das nach Ausdruck verlangte.

Fortan ging Hilfreich Elsässer bei einem mit dem Drogisten befreundeten Musikerzieher des ansässigen Gymnasiums in die Geigenstunde, regelmäßig, dreimal die Woche, und auch die übrige Zeit nutzte er zu vielfachen Übungen, die das Ohr hellhörig, die Finger geschmeidig machten. Sah man in dieser Zeit den kleinen Hilfreich Elsässer die Straße entlanggehen, den für ihn viel zu großen Geigenkasten auf den Buckel geschnürt oder wie er diesen von einem Arm in den anderen wechselte, um die Schwerkraft zu überlisten, bedauerte man die bedrängte Kinderseele, das allzu disziplinierte Kinderleben. Aber freilich nahm man auch wahr, wie sich sein Charakter zunehmend mit Stolz und Eigensinn auffüllte. Denn es dauerte nur kurze Zeit, da spielte Hilfreich Elsässer die ersten Violinstücke, und sein Vater arrangierte die ersten Auftritte. Er brillierte mit für sein Alter ungewöhnlichen Variationen. In den ersten Schuljahren stand er schon auf der Bühne, umrahmte Profanes und Literarisches, wurde bestaunt und beargwöhnt, wie jede Ausnahmenatur, wurde als wundersam und zugleich als bedenklich eingestuft.

Im Dorf, das war die stillschweigende Übereinkunft im Meinungsbild aller Weisen und Dilettanten, erwartete man für Hilfreich Elsässer eine Musikerlaufbahn. Das Leben aber zog andere Kreise, öffnete andere Luken, in die er hineingeschubst wurde. Als er pubertierte, starb des Vaters Kaufmannskollege, der Tams & Carfs führte, und so wie der alte Huldreich Elsässer zuerst das Musikalische in seinem Knaben entdeckt hatte, so bestimmt ordnete er jetzt die Kaufmannslehre für ihn an, um das bodenständige Geschäft des Kollegen, wie es hieß, nicht in fremde Hände kommen zu lassen.

Hilfreich Elsässer war in jeder Weise ein Musterschüler, und so übernahm er nach einem kurzen Interregnum, währenddessen der Laden mit Hilfskräften über Wasser gehalten wurde, die betriebsame Kolonialwarenhandlung in der Dorfmitte, die – wir wissen es längst – nicht bloß ein gewöhnlicher Kaufladen, sondern ein Marktplatz der Informationen, die Plauderstube des eingesessenen Volkes und für die Sommerfrischler erste Austauschbörse war. Der eigenwillige Charakter des bunten, schillernden Geschäfts war das Spiegelbild, gewissermaßen das vergegenständlichte Konterfei von Hilfreich Elsässers innerer Verfasstheit. Erwartung, meditative Versunkenheit in Schönheit und Nützlichkeit der Auslagen, Anpreisung, Gespräche, Sinnlichkeit, Genuss, Verführung und gedankliche Reisen in die schönen Weltgegenden, aus denen die Waren kamen, alles konnte man haben, alles schenkte einem der junge Kaufmann Hilfreich Elsässer, und alles heimste er selber wieder ein. Er betrieb den ihm ursprünglich aufgezwungenen Beruf mit Hingabe, zudem er ja, wenn die Arbeit ein Ende hatte, noch die Geige besaß, dieses wunderbare Instrument, mit dem er die Sterne einsammeln und sie wieder fortfliegen lassen konnte, aus dem durch seine Kunst Melodien hervorbrachen, als ob sie von den Engeln kämen.

Freilich, wenn er über sich nachdachte, musste er sich eingestehen, Geschäft und Geige hatten ihren Preis. Hilfreich Elsässer war unbeweibt geblieben, die Sehnsucht nach Kindern unerfüllt, in Haus und Hof war er Alleinherrscher, Küche und Keller füllte er nur nach seinem Geschmack und hätte doch, wenn die einsamen Stunden kamen, gerne eigene Meriten preisgegeben, sich liebevoll fremden Wünschen zugewendet, um die Fülle seines inneren Weltverkehrs, seiner geistigen Beschäftigungen und seiner musikalischen Introvertiertheit mit wirklichem Leben, mit geselliger häuslicher Mannigfaltigkeit auszugleichen. Aber, dachte er dann weiter, es hätte wohl das Glück nicht ausgeglichen, den unbeschreiblichen Jubel, der über ihn kam, wenn er auf den kleinen Bühnen seiner bergigen Heimatregion stand oder auf der Orgelempore der Heiligen Dreifaltigkeitskirche und seine sporadischen Konzerte gab, für ein romantisch erwartungsvolles Publikum, oder die Violinabende für gebildete Musikfreunde, die anderswo schon erlesenen musikalischen Aufführungen beigewohnt hatten.

Erst jüngst hatte ihm das Publikum zu Füßen gelegen, als er im Residenztheater der nahen Kreisstadt, umstellt von einem bezauberndem Wasserspiel, das ein von der Musik ergriffener Fabrikant vor Jahrzehnten initiiert hatte, aufgetreten war und dort eine musikalische Anthologie aufblätterte, die sich drehte wie ein Karussell. Man hatte seine perlenden Melodien, die sich in Kutschen versteckten, auf Pferderücken davonstoben, mit Schwänen plätscherten, auf bunten Schaukeln auf und nieder schwangen, als Vexierspiele der Heiterkeit, des Übermuts und der Phantasie gefeiert. Als er sich zum Schluss an eine der schwierigsten Variationen für Violine heranwagte, die ein Genueser Meistergeiger der Welt hinterlassen hatte, und als er auch diesen Part meisterhaft zelebrierte, als er aus dem kunstvoll geschwungenen Holzkörper Töne hervorzauberte, die wie springende Fische über glitzernde Wasserflächen glitten, oder wie Sternschnuppen herniederrasten und langsam verglühten, da klatschte man ihm enthusiastisch Beifall, schüttelte alle noble Zurückhaltung aus den gestärkten Hemden und den schmuckbesetzten Dekolletés und trampelte sachte mit den Füßen. Aus den hinteren Reihen plätscherte ein Ruf über die frisch ondulierten Köpfe hinweg, der Hilfreich Elsässer äußerst verlegen machte. »Bravo, Paganini«, rief es aus ein paar erhitzten Kehlen, und der oben stand, auf der Bühne, der musikalische Autodidakt und gelernte Kaufmann, bedroht von der Helligkeit des frisch aufflammenden Lichtes der kristallenen Kandelaber, verwandelte sich, unterstützt durch die eigenwillig exotische Schönheit seiner schlank gerafften Statur und die bis ins Schwarze funkelnden braunen Augen, tatsächlich einen Augenblick lang in das Ebenbild jenes verrückten, legendenbehafteten Italieners, der als Teufelsgeiger Kurtisanen, Mägde und Madonnen, Fürsten, Knechte und Phantasten in seinen Bann geschlagen hatte.

Wenn er zurückkam aus dem Licht, der Helle, dem Nervenfieber, den sprudelnden Beifallskaskaden der begeisterten Menge, zurückkehrte in die beschauliche Welt der Waren, hinter die Ladentheke, in die Gesellschaft seiner Zuckersäcke, Salz- und Heringsfässer, ins Zwiegespräch mit den Schokoladen, den duftenden Olitäten, dann klang es noch lange in ihm nach, dann summte auch die ganze Warenwelt, und Hilfreich Elsässer war heiter und beschwingt. Manchen Kunden, der in den Laden trat, suchte die Vermutung heim, dass der Kaufmann arg beschwipst sei, aber der befand sich nur in Gefangenschaft der unsichtbaren Droge Musik, die ihm alles verwandelte, auch die profanen Beschäftigungen seines kaufmännischen Alltags. Es war etwas wahrzunehmen, das ans Philosophische grenzte, dass nämlich in einem Körper, in einer Seele sich zwei Talente innig miteinander verschmelzen lassen, die sich gemeinhin widerstreben, dass scheinbar zentrifugale Strömungen sich zu einer Form zusammenfinden können, ähnlich dem Ginkgoblatt, das ja auch zugleich Eins und ein Doppeltes ist.

Alois Worms, der Gleichaltrige, der Geigenbauer aus dem Unterdorf, schickte zur Zeit dieser Hochstimmung seinen Sohn Alwin in die Kaufmannslehre zu Hilfreich Elsässer.

Er hatte mit dem Kaufmann ausgemacht, dass der Gymnasiast, der mit Mühe das Einjährige geschafft hatte, ordentlich rangenommen würde. Er sollte bedienen und einkaufen, sollte den Umgang mit Kasse und Kontokorrent, mit Kisten und Kästen in blauer Leinenschürze im zugigen Packraum lernen, das Chambrieren mit dem weißen Kaufmannskittel im buntgefächerten Ladengeschäft üben.

Hilfreich Elsässer wollte Alois Worms zufriedenstellen. Die Geigenbauerdynastie hatte schließlich das famose Instrument entworfen und gefertigt, das seinen regionalen Ruhm begründete, und so betrachtete er den Einstieg des pubertären Knaben bei Tams & Carfs zugleich als Zukunftsmuster, sein eigenes Zeitbudget neu zu ordnen. Vielleicht ergab sich durch den jungen Helfer eine neue Aussicht, für die Geige noch etwas mehr Zeit zu gewinnen als bisher, für den Laden dagegen die Möglichkeit, etwas kürzer zu treten.

Der Geigenbauer Worms, der begnadete Tüftler, verfolgte ebenfalls eine doppelte Strategie. Sohn Alwin sollte als Kaufmann im Ort sesshaft werden, mit gutem Auskommen, und er sollte in Hilfreich Elsässer dem bewunderten Vorbild näherrücken, das Bürgerlichkeit und Voyeurismus aufs Feinste miteinander verband, das Kunst und gewerbliche Arbeit zu Spießgesellen machte.

Seit langem traktierte Alois Worms den Sohn, das Klavierspielen zu erlernen. Er hatte nicht List und Tücke gescheut, nicht hausgehalten mit Geld und guten Worten, um dem Sprössling Neugier und Begehren aus dem Leibe zu kitzeln, das klangvolle Instrument als Spielgefährten anzunehmen. Die besten Lehrer hatte er bestellt, erfindungsreich Privatunterrichte organisiert, in der Frühe, mittags oder spätabends, um herauszufinden, wann der Knabe die lustvollste Phase seines ein wenig trägen Temperaments durchlief. Er hatte Musikbücher besorgt, Notenbündel aufstapeln lassen und im Geigenbauerhaus einen kleinen Salon eingerichtet, den ein weißer Blüthner dominierte und dessen Wände nach dem Geschmack der Bergbewohner zartfar-

big betupfte Gobelins mit romantischen Musizier-
szenen schmückten.

Alwin war nicht widerspenstig, er hatte die zärt-
lichen und die barschen Ansprachen des Vaters ge-
duldig ertragen, hatte die Ratschläge seiner Lehrer
zu befolgen versucht, Fingerübungen mit dem Mut
der Verzweiflung absolviert, Sätze und Stücke ge-
übt, bis ihm der Schweiß aus den Poren brach. Es
war bei einer trostlosen Klimperei geblieben, die
sich zuweilen zu einer Sonntagslaune aufraffte,
wenn Alwin die dörfliche Schrammelmusik zu
einem Begrüßungskonzert für die neu angereisten
Sommerfrischler begleitete. Aber vom Traum des
Vaters blieb er weit entfernt, als junger Pianist einmal auf der Bühne neben dem Teufelsgeiger Hilfreich Elsässer zu sitzen und dessen perlende Spiele
und die von Ernst oder Heiterkeit überquellenden
Melodienfolgen mit der dunklen Würde seines Klavierspiels zu untermalen.

Mit dem Eintritt in das Tams-&-Carfs-Geschäft
von Hilfreich Elsässer veränderte sich der Alltag von
Alwin Worms schlagartig. Das spillerige Bürschchen mit abstehenden Ohren, blondem Strähnen-
haar und einem sanften Hang zur Melancholie
wurde ins Leben regelrecht hineingerissen. Die
legeren Manieren des Schulbuben und Gymnasias-
ten, die Kommste-heute-nicht-kommste-morgen-
Mentalität des schläfrigen Pennälers mussten nun
tausend ungewohnten Handgriffen des Gewerbe-

fleißes weichen und wurden dort umgewandelt in hastige Bewegungen, anstrengende Kopf- und Muskelarbeit. Plötzlich sah sich Alwin Worms einer doppelten Drangsal ausgeliefert, zu Hause den geißelnden Erwartungen des Vaters an die Fortschritte seines Klavierspiels, im Laden den nörgelnden Belehrungen des Kaufmanns.

Der Tamser war ein tüchtiger Gewerbetreibender und ein glänzender Musiker, aber er war ein miserabler Erzieher. Ungewohnt im Umgang mit Heranwachsenden in der eigenen Familie und jungfräulich bei der Ausbildung von Lehrjungen, traktierte er den Geigenbauersohn vor allem in einer Sparte des intellektuellen Betriebs, die er bei ihm rasch als Schwachstelle entdeckt hatte, der Rechenkunst. Er schüttelte ihn mit Kopfrechnen durch, bis er Frostbeulen bekam. Er schüttete buchhalterische Begriffe in ihn hinein wie in einen Trichter und merkte nicht, dass dieser immer enger wurde. Er plagte ihn mit Soll und Haben, Schwund und Überschuss, Kredit und Zins und anderen für Alwin Worms unverständlichen Begriffen und machte sich verdächtig, dass ihm die Quälerei gefiel. Die Potemkinschen Dörfer in Alwin Worms' Verstandeshaushalt wurden immer mächtiger, bis sie zusammenkrachten und ihn erschlugen und ihn, der noch nie etwas von Rechenkunst und Mathematik gehalten und diese Fächer in der Schule nur mit kaltem Hass ertragen hatte, derart in Rage brachten, dass er dem Lehrherren Vergel-

tung schwor. In einer feierlichen Stunde, als Hilfreich Elsässer den Lehrbuben in seine komfortable
Wohnung einlud, um dessen Verbitterung ein wenig
zu lindern, und ihm dort durch Spiel und Vortrag
die Geheimnisse der Musik zu enträtseln versuchte,
bevorratete sich Alwin Worms mit einem solchen
Packen Zorn und Wut auf das etablierte Gehabe des
Kaufmanns und des geltungssüchtigen Vaters, dass
er inmitten barocker Möbel und dickgewirkter Tep-
piche einen folgenschweren Entschluss fasste, der
beide strafen sollte. Er überredete den Tamser, ihm
seine Geige, an der er, Sohn eines Geigenbauers,
einen bedenklichen Resonanzfehler entdeckt haben
wollte, kurzfristig zu überlassen, damit er diese seinem Vater überbringen konnte, um den Makel zu
beseitigen.

An einem späten und düsteren Novembertag,
die Kunden von Tams & Carfs kauften Nüsse und
Nürnberger Lebkuchen ein, sortierten Gewürze für
die häuslichen Bäckereien, begutachteten Kerzen
und Zuckerwerk und träumten sich, zurückhaltend
noch, in die Weihnachtszeit hinein, ergriff Alwin
Worms den ihm anvertrauten Geigenkasten samt
zart gemaserter Violine und steckte ihn in voller
Länge in ein Fass mit Heringslake.

Als das Instrument tags darauf während einer
Verkaufshandlung von Hilfreich Elsässer aus der
stinkenden Brühe gezogen wurde, sah es aus wie ein
ungehobeltes Holzstück mit struppigen Borsten und

stank wie ein verbeulter Kübel vom Fischmarkt. Der Tamser, bleich und blutleer, glich einem Fischweib, dem man die Waage gestohlen hatte und das nach der Hafenpolizei schrie. Er nahm die Geige und zerschmetterte sie mit einem einzigen Schlag auf dem steinharten Geläuf des Kaufmannsflures, dass die Funken stoben wie aus einer Wunderkerze.

Der Vogelsteller

Er stürmte den Winterberg hoch, als hätte er eine
Meute wütender Hunde hinter sich. Die Feldwege
waren nass vom taufrischen Gras. Gestrüpp verdorrter Farne, vertrocknetes Schierlingskraut um-
garnte die Füße. Ein dünner Nebelschwall kreuzte
die Wege. Er stürmte voran, trat nieder, was ihm
in den Lauf kam, verscheuchte die Atemnot, stierte
auf den in der Dämmerung liegenden Waldrand,
der ihn bald verschlucken musste.

Tobias Eisenhut, klein, drahtig, die Haut braun
gegerbt, hatte eine Drillichmütze in die Stirn gezogen, die den runden, viel zu großen Schädel wie eine
getarnte Kanonenkugel aussehen ließ. Wasserblaue
Augen flitzten spitzbübisch in schmalen Spalten hin
und her. Auf der Nase, lang wie ein Gewehrlauf,
tanzte eine rötlich getupfte Warze. Den ohnehin ge-
drungenen Rumpf verkürzten ausspreizende Kut-
scherstiefel fast auf Kindermaß. Man hätte nicht
glauben mögen, dass man mit diesen Langschäftern
einen Fuß dreimal vor den anderen setzen konnte,

aber Tobias Eisenhut stürmte auf den holzgefleck-
ten Schustersohlen den Berg hinauf, als gelte es, um
sein Leben zu laufen. Auf dem Rücken die Kiepe,
meisterhaft geschnürt, von einem fahlen Tuch ge-
krönt, darunter eine Handvoll Käfige, in jedem ein
stilles Geschöpf, zum Federball geplustert.

Als er den Wald erreichte, schnaubte er wie ein
gejagter Gaul, spuckte die Rußreste aus, die der
Tabak täglich in ihn hineinräucherte, und hastete
weiter, durch Kleinwuchs und Reisig, bis die sil-
bern geflammten Stämme vergehender Tannen die
Kuppe ankündigten, die er erreichen wollte, vor
Tagesanbruch noch den kleinen Fels, den er zum
Vogelherd erkoren.

Dort schnürte er sein Tragwerk auf, holte die
Klette aus dem Versteck, das hölzerne Vierkreuz,
pflanzte sie auf den Felshügel, stampfte den Leim,
bis er quatternde Blasen trieb, beschmierte die
kurzen Ruten, die er aus einem blechernen Köcher
zog, und steckte sie der Klette auf, dass sie aussah wie ein verdorrter, zugleich glänzender, nach
Leinöl duftender Erlenzweig. Dann holte er die Käfige aus dem Weidenkorb, hing sie an die Nägel des
Klettenstamms. Die Federbällchen aus des Korbes
Dunkelkammer verwandelten sich in flatternde,
zwitschernde Lockvögel, deren zuerst eintönige
und wehmütige Kehllaute bald in einen klingenden
und werbenden Gesang hinüberwechselten, den
der laue Septemberwind mit sich forttrug.

Tobias Eisenhut hielt sich in einem Ebereschenbusch versteckt und wartete. Sein Warten war nicht Stillhalten. Es war atemlos, begehrend, ein Zwiegespräch mit den leise raunenden Morgenwinden, gehetztes Lauschen auf ferne Klänge, auf fremdartige Bewegungen, geducktes Erwarten.

Plötzlich rauschte sie heran, die gefiederte Wolke, die ein Stück Himmel verdunkelte. Die Lockvögel jubilierten. Zuletzt der schmetternde Laut, das klagende Moll, zie-----ie---ieh, langgezogen, nachhallend wie Orgelton. Da torkelten sie herab, die gefiederten Landstreicher, wie vom Blitz getroffen, auf Bäume und Sträucher, auf die Klette von Tobias Eisenhut und erwarteten angstvoll das Strafgericht. Der Vogelsteller raste aus dem Versteck, legte die Klette um, nahm dutzendfach das kleine Leben vom klebenden Holz und zerdrückte es zwischen Daumen und Zeigefinger. Wenn er das Brustbein der Bergzeisige fühlte, das zierlich blubbernde Herz, dann dachte er aufgeregt an den nächsten Schwarm, der schon unterwegs war, und er überlegte, wie es wohl zusammenhing, dass immer in den reichen Kusteljahren die Heerscharen von Bergzeisigen in den nordischen Ländern aufbrachen, um die Samen der Nadelbäume zwischen Ostsee und Alpenrand auszuräumen, und ihn zum Töten zwangen. Und er dachte an Mutters zarte Hände, die den braun gesprenkelten Geschöpfen die Federn vom Leib rissen und die nackten Körper zu einem Braten schmorten, der an Delikatesse nicht zu überbieten war.

Tobias Eisenhut hörte es rauschen. Eine Vogelwolke verdunkelte abermals das Sonnenlicht. Dann krachte sie herunter, wehrlos, in den Tod, wegen eines einzigen Lauts, eines Molltons, langgezogen, zie-----ie--ieh.

Tobias Eisenhut riss dieser Laut die Nerven blank. Rastlos stürmte er auf den Winterberg, wenn die Kusteljahre da waren. Wenn er nachdachte, musste dies aller sieben Jahre sein, aber der Nachkrieg hatte alle Zeitrechnung durcheinandergewirbelt und selbst die Naturgesetze zu Fall gebracht, so dass es ihm vorkam, als ob die Bergzeisige jetzt jeden Herbst in die heimischen Wälder einfielen und in ihm die Wollust schürten, ihr blubberndes Herz anzuhalten. Es mochte dies eine der sieben Todsünden sein, aber die Trägheit seines Herzens gewährte ihm nicht die Gnade, davon loszukommen. Und so stürmte er im fahlen Novemberlicht auf den Winterberg, atemlos, gehetzt und in sich zerrissen wie ein krankes Tier.

GRAF OTTO UND
DIE ZWÖLF HEILIGEN NÄCHTE

Die Werkstatt im Kellergeschoss war klein und verwinkelt. Bevor man dort ankam, querte man ein paar enge Gewölbe, die nach Kies und Schotter rochen und wie Bergkristall glitzerten. An Decken und Wänden hingen Fahrradfelgen und Speichen, Pedalen und Rücksitze, Klingeln, Pumpen, Karbidlampen, Ketten und Bürsten, Teile von Nähmaschinen und Zentrifugen, Vorhängeschlösser und Bügeleisen, Petroleumkocher und Fleischwölfe, ein Arsenal von Geräten, die das Landleben nötig hatte. Wenn die Sonne ganz flach am Horizont stand, am Abend, und ihre letzten Kringel durch die leicht gewölbten Fenster dieses Souterrains schmuggelte, kam ein Leuchten in diese schmalen Kellertonnen, als wenn sie die Kuppeln eines Domes wären. Das Spiel des Lichts bezog seinen einzigartigen Zauber aus dem Widerschein der metallenen Gegenstände an Wänden und Decken und den Reflexen der steinernen Fliesen, die den Fußböden des Gewölbes eingemauert waren und in ihrer floralen Buntheit so zart glänzten, als gehörten sie zu einem Palast in Babylon.

Der Schlossermeister Otto Graf genoss dieses Bild von erhebender, aber kärglicher Wohlhabenheit, wenn die Sonne ihre Verwirrspiele trieb, und deshalb bestellte er alle Kunden, die bei ihm etwas abliefern oder abholen wollten, immer in den Abendstunden, um ihnen die Lichtpossen zu zeigen. Ohnehin war sein Zwiegespräch mit Sonne und Licht zeitlich karg bemessen. Ein paar kurze Sommermonate nur dauerte die Lust, dann peitschten die Herbstwinde über die stopplien Felder, und der folgende, meist lange Winter sperrte ihn wie einen Zuchthäusler in seiner Werkstatt ein. Ein schmaler Streifen Tageslicht nur klemmte sich tagsüber durch die Kellerfenster. Grell leuchteten dagegen die Blitze der Lötkolben, der Schweißgeräte, die sprühenden Funkenbögen der Schleifmaschinen. Es roch aufreizend nach Öl und Spiritus. In der Luft summten die Staubpartikelchen zahlloser Stoffe, spielten Haschen mit den Dunstwölkchen der Zigarre, die der Schlossermeister von einem Mundwinkel in den anderen schob.

Es gehörte zur Natur dieses einsam arbeitenden Mannes, dass er sich im Sommer einen Vorrat an Eindrücken und Erinnerungen anlegte, den er in der dunklen Jahreszeit plündern konnte. Die Sonnenspiele in den kleinen Vorgewölben seiner Werkstatt gehörten ebenso dazu wie die protzigen, bauchigen

Weinballons, die man in einer Nische des Heizungskellers vorfand und in deren Röhren es prudelte und sprudelte, als hielten die Weingeister Maskenball. In seine Vorratskammer von Erinnerungen eingelagert waren Spaziergänge über die Sommerwiesen, das Summen der Bienen, die Flügelschläge der Schmetterlinge, das Zirpen der Grillen und der Aufschrei des Eichelhähers. Dort waren die Früchte der Wälder und Felder gebunkert, Beeren und Hagebutten, Waldmeister und Schlüsselblumen, Quendel und Schlehen, das Spiel ihrer Farben und zugleich kulinarischer Zierrat, den man zur Verfeinerung des Geschmacks, zur Weihe von Getränken, Saucen und Gelees benötigte. Bevorratet war der Plausch mit jungen Frauen und Mädchen, die er auf seinen sonntäglichen Wanderschaften durch den Sommer traf, die sprudelnde Heiterkeit ihrer harmlosen Späße, mit der er daheim den spröden Alltag seiner verkümmernden Ehe auffüllte. In Fetzen von Erinnerung streifte er durch seinen Garten, der wie ein Park angelegt war, im oberen Teil die Obstplantage, die Sträucher und Blumenbeete, und unten die erleseneren Hölzer, die Nischen und Bänke, die kleinen Teiche und Wasserspiele und die Plastiken aus Stäben und Kugeln, die er in seltenen Anfällen von Kunstrausch selber herstellte.

Es war wohl dieses Terrain, das dem Schlossermeister Otto Graf den Titel Graf Otto eingebracht hatte, weil er dieses Gelände, das jetzt öd und kahl und schon winterlich angehaucht vor ihm lag, im Sommer täglich majestätisch abschritt und in fürstlicher Pose seine Anordnungen weitergab, weitergab an die wie ein Kuli in den Beeten kniende Ehefrau Frieda Graf, die für Sauberkeit und Akkuratesse in den Anlagen zu sorgen hatte.

Otto Graf war aber noch aus einem anderen Grunde umgetauft worden. Einmal in der Woche, immer mittwochs, brach er in mittäglicher Stunde aus seiner Werkstatt aus, um einen Zigarrenhändler aufzusuchen, der für dörfliche Verhältnisse mit erlesenen Tabakspezialitäten ausgestattet war, auch in den schwersten Zeiten, man wusste nicht, wie der Mann das machte. Nur von ihm ließ sich die Zigarre besorgen, an die Otto Graf sich in Friedenszeiten gewöhnt hatte und von der er auch in den Nachkriegsjahren nicht ablassen wollte, die Lieblingsmarke Figaro, ein gewitzt gedrehtes Meisterstück aus der Karibik.

Wenn er danach durch das Dorf heimwärts zog, genießerisch paffend, blieb er vor jedem zweiten Haus stehen und ließ eine Bemerkung fallen. Hier gefiel ihm ein Gartentor nicht, dort nicht der Türbeschlag, an dritter Stelle nicht das Geländer und anderswo nicht das Geschirr eines Pferdewagens. Man nahm ihm die Beanstandungen nicht übel. Es waren die Meriten des Dorfschlossers, der in Arbeit erstickte und sich immer neue Arbeit hinzudachte. Man nahm die Mäkeleien ernst wie die Anweisungen eines Markgrafen an seine Untertanen. Graf Otto verschönerte das Dorf auf seinen Zigarrentouren wie ein Architekt eine Stadt am Reißbrett. Dann tauchte er wieder ab in seine einsamen Katakomben und wartete dort auf die mit seinen Reparatur- oder Verschönerungsauflagen Bestraften.

Graf Otto war von massiver Gestalt. Auf dem breiten, muskulösen Körper saß ein kugelrunder Kopf, dem das Haar so gänzlich fehlte, dass die Platte wie eine Speckschwarte glänzte und dem eine Nase eingepflanzt war, die wie eine Zuckerrübe leuchtete. Der blaue Schlosseranzug war hochgeschlossen, der Hals eingeschnürt wie bei einem Jesuiten. Die Hände feingliedrig wie die eines Violinspielers. Man vermutete nicht, dass sie je Hammer und Amboss traktiert haben könnten. Die Füße steckten in einer Behausung, die weder Schuh noch Pantoffel genannt werden konnte, feinst gewalktes Filz, fliederfarbig, mit gerippter Holzsohle, rutschfest und wärmedämmend, eine Erfindung des Großvaters, deren Bauplan nicht weitergesagt werden durfte. Jedenfalls modelte die ganze Einfassung von Graf Otto die Statur eines fremden Weisen, den man irgendwann schon einmal gesehen zu haben glaubte, irgendwo, auf alten Kalenderblättern, in Beschreibungen berühmt gewordener Reisen.

Erscheinung und Persönlichkeit von Graf Otto faszinierten. Man konnte nicht genau sagen, warum, wegen des Eigensinns, der einfachen Würde, wegen des zaghaften Übermuts, man wusste es nicht genau, aber man geriet in den Sog dieses unablässig tätigen Mannes, vor allem die Frauen.

Es war eine Zeit des Umbruchs, von der wir erzählen, der Umstülpung alles Gewohnten, eine Zeit des Nachdenkens, des Überdrusses, der Neugier und neu erwachender Sinneslust. Nachkrieg, bitterste Not, Völkerwanderung überall, Trümmerberge und Winter von klirrender Kälte. Und Graf Otto stand an der Werkbank seiner kleinen verwinkelten Werkstatt und reparierte die einfachsten Dinge des Lebens. Er lötete morsche Emailletöpfe, kittete durchgerostete Gießkannen, flickte zerbrochene Gaskocher, trieb Speichen in zerdrückte Fahrradfelgen, machte Mut, wenn die Leute die lecken Gegenstände brachten, verbreitete ihn, wenn sie diese abholten.

Otto Grafs Werkstatt war ein Umschlagplatz für neue Hoffnung, häufig verschönt durch ein Gläschen Wein, das seine gurgelnden Ballons ausgegoren hatten und das er vor allem an seine weiblichen Kunden mit Charme auszuschenken verstand. Stille Beobachter meinten, dass es zum Bestandteil dieses lockeren Zeremoniells gehörte, dass der Graf mitunter einer der schönen Bacchantinnen einen sachten Klaps auf den Hintern gab, im Vorübergehen, wie ein Hexenmeister, der ja auch stets mit den leichter durchschaubaren Kunststücken beginnt. Graf Otto steckte aber auch, wenn die Gelegenheit günstig und er sich einer gewissen Widerstandslosigkeit sicher war, leicht und schnell einmal seine feingliedrige Hand zwischen die Schenkel einer Kundin, und dann blickte er erstaunt in die Welt wie ein unschuldiger Knabe und erklärte frohen und heiteren Sinns, dass fortan alle Reparaturen unentgeltlich wären.

Die Treue der weiblichen Kundschaft wuchs beständig. In den Familien, im Kaufladen, beim Bäcker und Friseur beschrieben die Frauen des Dorfes das Faszinosum des Schlossermeisters Otto Graf, seine Hilfsbereitschaft, seinen solidarischen Gestus, die Würze seiner Obst- und Kräuterweine, so dass sich auch immer mehr männliche Bewohner einstellten, um vor allem in den Genuss der gerühmten aphrodisischen Getränke zu kommen.

Graf Otto hatte Mühe, die Gelegenheitsplauderer abzuwehren und sich seinen Hauptbeschäftigungen zu widmen, der Schlosserei und dem Studium schöner Frauen. Seitdem ihm manches an Verführungskunst geglückt war, in der Werkstatt, in den spiegelnden Vorgewölben, meist im Eilzugtempo, um seine Frau Frieda nicht hinter die Geheimnisse seines zweiten, unterirdischen Lebens kommen zu lassen, hatten sich die Bilder von seiner Geschlechtskraft wie ein Mysterium in seine Träume geschlichen. Er wollte sich nicht mehr nur damit zufriedengeben, was ihm in Begleitung seiner Reparaturleistungen zufällig ins Haus rannte, er wollte sich holen, was ihm gefiel.

Wenn er vor der Werkbank stand, vor dem sanft gewölbten Kellerfenster, den Streif Straße im Blick, der ihm geblieben war, sah er immer nur die Räder der Fuhrwerke, die Kufen der Schlitten, die Beine der Vorübereilenden. Seine Einbildungskraft musste hinzutun, was zum ganzen Gefährt, zum vollkommenen Menschen gehörte. Wenn Mädchen- oder Frauenbeine vorbeieilten, die ihn faszinierten, dann stürzte er los, rannte um das Hauseck, um den Straßenabschnitt zu erwischen, wo sie weitertänzelten.

Graf Otto hatte Geschmack. Er merkte sich die schlanken Linien, die üppigen Brüste, und er sah, selbst ein Modelleur, was zusammenpasste, ob Oberteil und Unterteil zusammenflossen zum harmonischen Bild. Wurde er beglückt durch schöne Muster der weiblichen Natur, sauste er in die Kellergewölbe zurück, betörte sich durch ein Gläschen Obst- oder Kräuterwein, erweckte die Sinne zum Rausch und schmiedete Angriffspläne, die jedem napoleonischen Standard zur Ehre gereicht hätten.

Graf Otto war ein praktisch veranlagter Mann, mit sozialer Kompetenz. Er kannte jeden Winkel seines Dorfes, wusste um jeden Streit, um jedes Glück, er taxierte die Lebenskraft der Ehen, sezierte die Schicksale der Umsiedler, die Notlagen der Einheimischen, und irgendwo entdeckte er den heiklen Punkt, der ihn zum Überraschungsangriff aufrief. Die Frauen und Mädchen, die in seiner Werkstatt daraufhin niederkamen oder aufrecht, mit gespreizten Beinen und geschürztem Rock, auf Gottes Werkzeug warteten, waren stets die Gegenbilder von Frieda Graf, die indessen in der Küche werkelte, Bucheckern spaltete, Nüsse knackte, Hagebutten entkernte, Früchte einkochte oder wie eine Bratsche, dick und breit, in den Gartenbeeten lagerte und Unkraut zupfte, um Graf Otto ein angenehmes Leben zu machen, oder, im Winter, die Zufahrtswege freiräumte, die in die von Lebensgier geschwängerten Werkstattgewölbe führten.

Frieda Graf war fünfundvierzig, prall und wohlbeleibt, mit einem Gesicht, das ihre Fülle Lügen strafte, so fein die Linien, so blank die Haut, so sinnlich der leichte Silberblick, der das Gewicht des Körpers gänzlich vergessen machte. Graf Otto glaubte, dass sie in Trägheit die Rochaden übersah, die seinen verworrenen Weiberhunger verheimlichen sollten. Aber ihre Sensoren waren längst so geschärft, dass sie nicht die versteckteste Bewegung, nicht die schamloseste Lüge mehr irreführten. Sie kannte jedes Haus im Dorf, in dem die ehelichen Dirnen wohnten, die für einen geheilten Kochtopf, ein geflicktes Kabel, eine dürre Fahrradspeiche ihre Haut zu Markte trugen und, im Austausch gegen einen minimalen Liebeslohn, ihre Gefühle in Graf Ottos Opferstock steckten, um sie darin zermahlen zu lassen.

Der Mummenschanz in ihrem Keller demütigte Frieda Graf bis in die letzten Nervenspitzen. Wie rauschend, dachte sie, war doch der Taumel, als sie Otto kennenlernte, wie rein die Luft, wie duftend die Welt, als er sie über den Kammweg trug, als Zeichen dafür, dass sie nun auf der anderen Seite des Gebirges eine neue Heimat fand. Wie jubelten die Amseln und die Finken, als sie ankam in dem waldgesäumten Dörfchen, in dem er geboren und aufgewachsen war. Wie fröhlich murmelte die Quelle, als sie, nach dem Brauch der Schwiegereltern, ihr erstes Osterwasser holte, wie munter sangen sich die Sensen durch das rauschende Korn, wie bunt bewehrten sich die Apfelbäume, bevor die Frucht vom Stamme fiel, wie sanft legten sich die ersten Flocken auf die Tannenspitzen. Wo sie auch hintrat, was sie auch berührte und beobachtete, überall war Operette, war Land des Lächelns, das ihre junge Liebe begleitete. Wenn sie über die Sommerwiese sprang, mit dem Schlitten durch den Schnee wirbelte, immer kam Heiterkeit ins Spiel, Ausgelassensein, das Otto mit sich fortriss und ihn mit Stolz erfüllte.

Oft stand er an den Pfaden ihrer kleinen Torheiten und bewunderte das schmale Mädchen mit den schlanken Beinen und den ein wenig ausladenden Hüften, das übermütig Purzelbäume schlug oder wie eine Wildkatze in die Linden kletterte, um Tee für knisternde Winterabende zu pflücken. In keiner Sekunde dieses glückstaumelnden Daseins, dachte sie jetzt, hätte sie an Änderung geglaubt, an Entfernung, an Verrat, die Liebe, glaubte sie, hielt ein ganzes Leben und büßte doch nichts ein vom Geheimnis der ersten Stunden.

Und dieses Wunder, dieser Glaube, wuchs in ihr, als sie das Haus bauten, die Terrassen des Gartens entwarfen, die ersten Sträucher setzten, die ersten Bäume pflanzten und die freudigen Feste feierten, nachdem alles gelungen war. Als die erste weiße Wäsche auf eigener Leine hing, die Federbetten durch die Fenster des Schlafgemachs lugten und im Frühlingswind schaukelten, das erinnerte sie genau, da hüpfte ihr Herz vor Wollust, da sprang sie Otto wie eine Gemse entgegen und heftete ihre Arme so fest um seinen Hals, dass er nach Atem rang.

Dann kam das Mädchen, das quäkende Häufchen Mensch, und vergrößerte das Erstaunen über die Welt, und flocht, wie sie meinte, die Innigkeit zwischen den Eltern zu einem schier unzerreißbaren Band. Oder war dies, dachte sie nun, der Augenblick, in dem Otto die Fesseln der Heiterkeit sprengte und hinüberwechselte ins ernstere Fach, in dem man Konflikte aufhäufte und nicht löste. Sie wusste es nicht. Als drei Jahre später die Zwillinge, schon als Säuglinge wackere Knaben, ans Licht strampelten und ihr den Leib aufrissen, fing Otto plötzlich an zu mäkeln und sie auf körperliche Mängel hinzuweisen, die vorher keiner bemerkt hatte.

Begütert war sie freilich, von der Mutter her, mit einem genetischen Erbe, das zur Korpulenz neigte, die nun alle Teile ihres Leibes heimzusuchen schien.

In kurzer Zeit vermehrte sie das Gewicht, das die jugendlichen Formen rasch vergessen ließ. Sie wusste, dass sie einer Familientradition ausgeliefert war. Beleibtheit kannte sie von zu Hause als das Natürlichste der Welt. So stellte sie sich keine bohrenden Fragen und gab sich auch keine Antworten. Wenn Otto sie zaghaft angriff, im Scherz erst und dann mit Ironie, verkroch sie sich in sich selbst und wunderte sich über seine Ansichten.

Später war sie aufmerksamer geworden gegenüber seiner Kritik, aber was nutzte dies?, Otto war längst abgerückt von den großen Gefühlen, und, sie ahnte es, er sah nur noch mit Widerwillen auf sie herab. Sie spürte jeden Tag die Kälte in seinem Blick, die sie erstarren ließ und schlimmer war als sein kürzlicher Auszug aus dem gemeinsamen Schlafgemach, den er ohne böse Worte, aber auch ohne Widerruf vollzogen hatte.

Frieda Graf litt sehr darunter, dachte aber, dass sie ihre Ehe noch retten könne, und unternahm dazu den wahrscheinlich unbrauchbarsten Versuch. Sie zelebrierte eine Untertänigkeit, die an Selbstaufgabe grenzte und erzeugte damit nur neue Verachtung. Sie blieb gefesselt in den Verstrickungen ihres eigentümlichen Schicksals, eine Niedergeworfene, der Gutsein eigen war, aus dem stets Böswilligkeit entstand.

Als sie dies erkannte, sie dies ausschürfte aus dem Erz ihrer verzweifelten Erfahrungen, konnte sie die Last nicht mehr tragen, die ihr aufgebürdet war. Schließlich wurde die Liste der in ihrem Keller Lust und Wein gurgelnden Damen immer länger, die Häme immer größer, das Lächeln über ihre Stellung im Schlosserhaus immer heimtückischer, so dass sie sich zu einem Knalleffekt entschloss, mit dem keiner rechnete.

Spät am Heiligabend ging Frieda Graf durch das stille Dorf und heftete Zettel, kleine Plakate, an die Haustüren der frechen Nebenbuhlerinnen, auf denen die Nachricht untergebracht war: »Luise hurt mit Otto Graf«. Zwölf Namen auf zwölf kleinen Plakaten wurden an zwölf Haustüren geheftet, Gesprächsstoff für ein ganzes Dorf in den heiligen zwölf Nächten, durch ein Dutzend Briefe noch weiter angefeuert, die sie in selbiger Nacht, adressiert an die Männer der ungetreuen Schönen, in den Briefkasten der örtlichen Poststelle gleiten ließ.

Am nächsten Tag, einem der schönsten im Kirchenjahr, entdeckte ein Förster Frieda Graf erfroren in der verschneiten Heide.

Der Wünschelrutengänger

Eine Frau hatte Mathias Zerrgiebel nicht. Er wohnte allein in einem windschiefen Häuschen am Rande des lang hingestreckten Straßendorfes, dort, wo die Gemarkung auf ein Vorwerk abzweigt, in dem ein Sägemüller Kisten und Kästen herstellte. Das Häuschen war ein ärmlicher Fachwerkbau, seine Balken und Schwellen waren vom Wurm durchbohrt und von der Sonne ausgebleicht. Aus den Fächern war der Lehm in großen Fladen heruntergestürzt. Kein Zierrat schmückte Balkenköpfe und Streben. Dem leicht verwahrlosten Zustand des Hauses, mit dem Südthüringer Zimmermannskunst nicht gerade verschwenderisch umgegangen war, entsprach das Gehöft.

Klein und verbogen war das Grundstück. In jedem Winkel lagen verbrauchte Gerätschaften herum, verrostete Sensen, Hacken und Messer, alte Schleifsteine, Wassertröge und Holzpantinen. Der Erdboden war durch Wasserrinnen zerklüftet, Holzsplitter und Sägespäne sprenkelten die Gehwege.

Nur ein geschichteter Holzstoß, rund wie ein Gasometer, mit sanft geschwungener Kuppel, gab der Unordnung etwas Versöhnliches, schaffte der Wirrnis einen Ruhepunkt. Die Kuppel war mit frischer Lohe bedeckt, es roch nach aufgebrochenen Tannenzapfen und tropfendem Harz.

Wenn man den Fuß über die Türschwelle setzte und ins Haus ging, betrat man einen mit großen Steinbrocken gepflasterten Flur, von dem aus eine knarrende Holzstiege ins bewohnbare Obergeschoss führte. Ebenerdig waren die Stallungen untergebracht. Oben fand man Mathias Zerrgiebel vor einem großen, unerwartet schmuckvollen gusseisernen Ofen sitzen und mit kleinen Brettern und Stangen hantieren. Er schnitzte Böden und Fußstege für Vogelkäfige, winzige Luftschaukeln, künstliches Gezweig. Die Stube war mit unterschiedlichen Vogelbehausungen vollgestellt, mit bauchigen Volieren, schmalen Drahtkäfigen, lattendurchbrochenen Holzkistchen, lauter kleinen Gefängnissen, in denen eine bunte Schar von Wald- und Wiesensängern durcheinanderschwatzte. Die Käfige hingen an den mehrfach gekreuzten Fenstern, am breiten Mittelbalken einer schmucklos gedielten Decke, an der kaffeebraunen Ofenstange, die aus der warmen Ofenhölle heraus bis in die Mitte der Stube ragte.

Die Vögel, Buchfink, Zeisig, Hänfling, Stieglitz, ein Kreuzschnabel und ein Dompfaff, waren die Gefährten von Mathias Zerrgiebel, an denen sein stumpfes Leben hing. Mit ihnen verbrachte er die meisten Stunden des Tages. Er beobachtete ihre Bewegungen, lauschte ihrem Gesang. Er pflegte ihre Behausungen, sorgte für Futter, veranlasste sie zu erfrischendem Bad, indem er an die Stelle der Futtertröge prall mit Wasser gefüllte Glaskörbe hing, die zum Plätschern einluden. Der Umgang mit der häuslichen Vogelfamilie prägte seine Tagesabläufe. Aus ihren Gesängen konnte er ableiten, ob gutes oder schlechtes Wetter bevorstand, er wusste, ob ein Sänger erregt oder zufrieden war, er nahm die klagenden Laute wahr, wenn sie um Liebe riefen, die rasenden Töne, wenn sie sich nicht erfüllen ließ.

Die gefiederten Gefährten waren ihm ausgeliefert. Wenn ein Vogel einmal von der Käfigstange tot herunterfiel, wurde ein anderer dafür eingesperrt. Mathias kochte dann in einer Ecke seines Gehöfts Vogelleim. Damit stellte er den zigeunernden Gesellen im Garten nach und trug sie triumphierend in sein menschenscheues Refugium, wenn sie ihm auf den Leim gegangen und fluguntüchtig geworden waren. Mathias entschied über Freiheit und Gefangenschaft, und wenn es sein musste – auch über Leben und Tod. In seinem Inneren machte sich manchmal das dumpfe Gefühl breit, dass er in ein Flechtwerk von Sünde und Reue eingesponnen war, das ihm sein stumpfsinniges Leben vergällte.

Wenn man ihn ansah, wusste man ohnehin nicht, wie es zugegangen war, ob er den Vögeln oder die

Vögel ihm ähnlich geworden waren. Mathias war kleinwüchsig und krümmte ständig den Rücken. Eine markante, scharf geknickte Nase ragte aus dem spitzen Gesicht heraus wie ein Reiherschnabel. Ein Haarbüschel war ihm spitzwinklig, wie ein Gefieder, aus dem Kopfkranz bis in die Stirn hineingewachsen. Er hatte ein Vogelgesicht, das jeden genetischen Vergleich gerechtfertigt hätte.

Das war es aber nicht, was ihn zur Einsamkeit verdammt hatte. Als Kind war er vom Fahrrad gestürzt, nein, er war von dem Vehikel heruntergeschleudert worden, als er aus dem Hof des Elternhauses auf die Dorfstraße einbog. Ein Lastzug hatte ihn aufgegabelt und in hohem Bogen in die Rinne geworfen. Er war liegen geblieben wie ein schwerer Kiesel, blass und unbeweglich. Als er nach Wochen aus dem Krankenhaus heimkam und wieder laufen lernte, wurde ein eigentümlicher Defekt offenbar.

Mathias ging nur noch in Trippelschritten, und wenn man gedacht hatte, dies könnte sich wieder verlieren, so beobachtete man genau das Gegenteil. Seine Schritte wurden immer kürzer und hektischer, bis sie in ein Rennen, ein Davonsausen umschlugen. Abrupt endete die Beschleunigung, Mathias trippelte wieder eine Zeitlang, der Körper wurde nervöser und angespannter, und dann preschte er wieder los. Die Rennstrecken waren wie von unsichtbaren Grenzsteinen markiert, die Bewegungsarten streng bemessen, wie ferngesteuert. Wenn man scheu und fasziniert zusah, konnte man voraussagen, wann er losschoss, wann er anhielt. Der Körper, der diesen Mechanismus steuerte, rauschte, schaukelte, glühte, erstarrte und – es war deutlich – er verkümmerte.

Mathias blieb in einem Wahn stecken, dass ihn etwas verfolgte, ein Kühler, ein Rad, ein Reifen, eine eiserne Kreatur, die ihm die Beine wegschlug. Das Gehirn kreiste nur noch um diese eine dunkle Stunde, bediente nur noch diesen einen Nervenstrang, vernetzte nicht mehr die Abertausend anderen Informationen, die ihm aus der Welt zuströmten. Der Junge war auf den Augenblick zurückgeworfen, wo ihn der Lastzug erfasst hatte, eine andere Zeit drang nicht mehr in ihn ein, drehte nichts mehr vorwärts, nichts zurück, alles stand still. Schonungslos stürzten sich die Mitschüler auf Mathias' Auffälligkeit, hänselten den Geplagten, plagiierten seine Trippeleien und Tempoläufe, verhöhnten das Unmaß an Bewegung.

Er kam auf eine Sonderschule in eine fremde Stadt und kehrte erst ins Dorf zurück, als er schon erwachsen und die Eltern begraben waren. Das Fachwerkhaus nahm ihn wie einen Fremden auf, die Kindheit war vergessen, verschollen die Erinnerung. Eine alte Tante, eine Kräutersammlerin, besorgte das Hauswesen. Um dem verstörten, in sich gekehrten Burschen eine Abwechslung zu verschaffen, stellte sie ihm einen Käfig hin. Darin war ein junger Zeisig. Mathias okkupierte das Geschenk wie eine Beute.

Bald fing er neue Sänger hinzu, bis die Stube ein kleines Paradies war, ein Vogelarkadien.

Mathias interessierte sich nicht für die Herkunft der Arten, nicht für ihre Fortpflanzung, ihre Formen und Farben. Er wusste nichts von den Krankheiten der Tiere, wenig von ihren Sehnsüchten, nichts von den grandiosen Vogelwanderungen, in die sie integriert waren. Ornithologie war ihm ein unbekanntes Wort. Er versorgte die Vögel, gewiss, und dies mit Hingebung, und er hatte seine kleinen Freuden daran, aber es hätte auch jedes andere Getier sein können, die Vögel waren für ihn nichts weiter als flatternde Gegenstände, magische Figuren, Spielzeug, mit dem er sich die Zeit totschlug.

Mathias war scheu. Ihn plagten Licht und Helligkeit. In der Mittagssonne schlug er die Fensterläden zu, verriegelte die Dachluken, versperrte Tor und Türen. Eine wilde Rosenhecke wucherte am maroden Zaun, ein baumhoher Haselnussstrauch verdunkelte die Umgebung, eine kranke Fichte warf braune Nadeln auf den Hof und schuf ein Samtbett für seine kranken Füße. Überall roch es nach Fäulnis und Verwesung, nach nassem Moos, nach Moder.

Mathias bunkerte sich zu bestimmten Zeiten im kleinen Fachwerkhaus ein wie in einer Dunkelkammer, die von keiner Funzel erhellt wurde. Wenn er heraustrat, Dorf und Tal zu inspizieren, ein wenig Luft zu schnappen, den krummen Rücken mannhaft anzuspannen, befiel ihn der Trippelkrampf, die böse Inversion, die Umkehrung des Gehens in eine andere Schrittfolge, eine andere Schwingung.

Es kam vor, dass ihn auf diesen wunderlichen Spaziergängen ein Dorfbewohner zögerlich ansprach und sich nach seinem Heil erkundigte. Dann blitzte ein verstecktes Lächeln bei ihm auf, ein Hauch von Schönheit, und schon ging es wieder stur voran. Verweilen gehörte nicht zu der verkümmerten Natur, sie schoss vorwärts ins Ungewisse. Schlimm war es, wenn sich ein Pulk von Dorfkindern an seinen Rockschoß heftete und ihn vorantrieb wie einen Ackergaul. Lauf schneller, Mathias, lauf schneller, spottete die kindliche Unvernunft. Mathias rannte, holte aus sich heraus, was Herz und Lunge hergaben. Der Kinderschweif zerriss in kleine Grüppchen, weil er das hohe Tempo nicht mithalten konnte, das Mathias anschlug, bis er erschöpft zusammenbrach, schweißgebadet, hingestreckt auf kaltem Stein, zuckend an allen Gliedern, vor Augen ein Meer aus lichten Pünktchen, die zur Flamme wurden und seinen Leib verbrannten.

Wenn er zurückkehrte aus dieser Hölle, aus dieser Glut, war er ablehnender denn je gegen seine Umwelt. Er riegelte sein Fachwerkhaus noch dichter ab, vernachlässigte die Vögel und tat ihnen sogar den einen oder anderen Tort an. Aus seinem Innern entsprang eine seltsame Lust, Ungerechtigkeiten zu begehen, eine Lust, die nach Opfern suchte, wehrlosen Opfern, dem Schicksal ausgeliefert wie die eigene Kreatur. Dann quälte er seine singenden Gefährten damit, dass er glühende Drähte durch die Käfiggitter schob, und grinste abgründig in sich hinein, wenn sie sich das Federkleid versengten und wie Zikaden trommelten, wenn ihnen der Schmerz in die Kiele fuhr.

In einer solchen Phase emotionaler Verdunkelung von Mathias Zerrgiebel versiegte in dem Straßendorf das Wasser, ein altes Elend, das sich nach vielen Richtungen hin ausdeuten ließ. Der Goldborn, die Quelle der dörflichen Wasserversorgung, lag in einer Senke, am Schnittpunkt, wo der Sommerberg in ebenes Gelände überging. Der Berg war dicht bewaldet, grüne Fichten ragten hoch hinauf, nur die schmale Wasserschlucht, an deren Ende der Quell tief in der Erde gurgelte, war eine kahle Schneise geblieben, unaufgeforstet, an deren steilen Hängen üppiges Brombeergesträuch ins Blatt schoss. Die stachlige Hecke, ein zwergenhafter Urwald, war bergaufwärts getupft mit Büschen voll roter Vogelbeeren, so dass alles wie ein fulminant hingestreckter Jägerrock aussah, einer vom Sonntagsstaat des Weidmanns, von der Sonne heiß gebügelt. Die Kuppe des Berges duldete kein Gebüsch, sie war nur von niederem Strauchwerk besiedelt, dünner, ausgemergelter Heide, sturzligen Preiselbeersträuchern und ein paar krätzekranken Farnen.

Dieses ausgedörrte Bergdach, eine Sonnenrampe, schutzlos ausgesetzt dem glühenden Gestirn, wurde als erster Makel aufgerufen, wenn es darum ging, die Stotterphasen der Wasserquelle zu begründen. Dieser Sommer war übermächtig, ein Riese unter den letzterlebten Jahreszeiten und von so brachialer Hitze überschüttet, dass er den grauen Star verursachen konnte. Das Erdreich barst, als sollte es zerbröckeln, und die Alten meinten, das sei das Übel, der Berg würde von der Hitze ausgesaugt wie von einer Riesenkrake, Wasseräderchen um Wasseräderchen, bis seine Blutgefäße zerrissen. Dies war eine naturkundliche Erklärung. Sie fand den Beifall einer kleinen Bruderschaft.

Größeren Zuspruch unter den Dorfbewohnern erfuhren die Auskünfte des Hundertjährigen Kalenders, wonach im Zyklus von zwölf Jahren, und die Zwölf sei eine heilige Zahl, der Goldborn gar kein Wasser fördere, als virtuose Erinnerung der Natur, dass das Wasser das wichtigste Lebenselixier des Menschen sei, wichtiger als Bier und Wein, mit denen in des Dorfes »Schwedenschanze« schon genug Schindluder getrieben werde. Das Siechtum der Quelle sei ein Zeichen, nicht übermütig zu werden. Das walte Gott, zürnte der fromme Teil der Ortsbewohner, eine Riege verhutzelter und altersschwacher Mütterchen, deren schütteres Haar von bunten Tüchern zusammengehalten wurde.

Stets tauchte auch die Erinnerung an ferne Legenden auf, wenn das Wasser sich verkroch. Es sei die Rache der Wasserjungfrauen, hieß es, von Undine,

Melusine und anderer zarter Nymphen, die jüngst der grobe Metzger als Wasserfrösche verhöhnt hätte und die sich nun rächten am Unverstand des Flegels und den Goldborn besetzt hielten für ihre feschen Wasserspiele, ein paar Wochen lang, Gott sei uns allen gnädig.

Immer, wenn der Goldborn den Atem anhielt, rumorte es im Dorf. Mit Wasser wurde gehandelt wie mit blanken Talern, es wurde aus fernen Quellen geschöpft, in Kannen, Eimern und Kanistern in den Ort gefuhrwerkt. Brunnen wurden gebohrt und wieder zugeschüttet, wenn sie nicht ergiebig waren. Das Dorfbild war gesprenkelt von großen Bottichen, in die meist dünne Rinnsale kristallklaren Wassers rieselten, die die größte Notdurft behoben, und von denen ein jeder eine Jahreszahl trug, die Jahreszahl eines schlimmen, überhitzten Sommers. Auch beim diesmaligen Erschöpftsein der goldenen Quelle brach eine Geschäftigkeit aus, die an Szenen alter Breughel-Bilder erinnerte.

Mathias Zerrgiebel hockte indes in seiner Fachwerk-Festung und blieb von der Betriebsamkeit der Leute, der Hast, dem überstürzten Trubel unberührt. Ihn erreichte nicht der Streit der Ausdeutungen, warum es zu dieser Unruhe gekommen war. Er spürte nur die häusliche Veränderung. Der Wasserhahn gab keine Flüssigkeit mehr her, die kleinen Pfützen in den Vogelnäpfen wurden dünn und schal. Das trieb ihn angstvoll auf die Straße.

Er rannte los wie ein Getriebener, belauschte jeden Strauch und jeden Baum, wenn er zum Halten kam, und erfuhr auf freiem Feld vom Fuhrmann Ehle, der die letzten Garben eines verdursteten, kraftlosen Korns zu einem kleinen Fuder hochreckte, dass das Wasser alle sei, der Born versiegt, verzweifelt die Bewohner.

Mathias ging ein Licht auf, eine weit hinabgetauchte Erinnerung flackerte hoch, funkelte plötzlich wie ein ungelöschter Stern in seinem drögen Schädel und schleuderte eine Leuchtspur zurück in seine Kindheit, wo er an der Hand des Vaters Wald und Flur durchstreifte, Blumen und Kräutern Märchennamen gab und in jedem Tropfen Tau das Weltmeer rauschen hörte.

Er verlangte eine Weidenrute, zog den Fuhrmann Ehle, den mickrigen kleinen Kerl, vom Felde fort, riss ihn ins Tal hinunter und machte ihn zum Sekundanten einer Wünschelrutenprozedur, die an Albernheit und Größe nicht zu übertreffen war. Mathias streckte die Weidenrute wie einen Herrscherstab vor sich hin und führte das Zepter mit ruhiger Hand.

Aus seinen Augen blitzte die Macht, seine Befehle waren barsch und fordernd: »Rühr dich«, »Bieg dich«, »Verirre dich nicht!« Gelassen setzte er Fuß vor Fuß, das Ebenmaß seiner Schritte war betörend, keine Trippelkünste, keine Tempohatz mehr, Nerven und Muskeln gehorchten wieder dem Gehirn, dienten dem Zweck des wunderbaren Auftrags. Mathias schritt dahin wie in der Trance, wie ein Medium spiritistischer Verklärung, und wartete auf den Augenblick, da ihm die Erde ihre blubbernden Signale gab, wo der Geist des Wassers, den er in üppiger Laune herbeirief, aus dem Boden stieg und das Holz berührte, so wie er es einst bei Vater sah, als der noch ein bewunderter Brunnenbauer gewesen war.

»Still«, schrie er den Fuhrmann an, »still«, obwohl der keinen Laut von sich gegeben hatte, und schon zuckte er an Leib und Seele, die Arme vibrierten wie bei Schüttelfrost und starkem Fieber, gegeißelt von der wundersamen Gewalt des vierten Elements, aus dessen unsichtbaren Dämpfen sich sogleich ein Schwarm von Wasserjungfern löste, winzigen, schmalbrüstigen, geflügelten Insekten, durch die lächelnd die Sonne schien. Es waren die lasziven Körper der Libellen, die Mathias' Zauberstab umschwirrten, als er den Urlaut ausstieß.

»Da«, brüllte er, als es die karge Weidenrute rüttelte und schüttelte, als sollte sie hinabgezogen werden in die dunklen Katarakte, und dann stürzte er vornüber ins sonnenwelke Gras, und ein matter Blutstreif quoll ihm aus der spitzen Vogelnase. Der kleine Fuhrmann hatte seine liebe Not, ihn nach Hause zu bringen, und die schöne Pflicht, im Dorf den neuen Quellenfund bekannt zu machen.

Am nächsten Morgen war Mathias tot. Er hatte

alle Vogelkäfige geöffnet, die Kerker umgestürzt, die Häftlinge befreit in alle Winde entfliehen lassen. Nur den Dompfaff hatte er an einem Haken aufgeknöpft, mit der Saite einer Violine. Am Gebälk des engen Treppenhauses hing er selbst, mit einem Hanfseil festgezurrt, dreifach verknotet, unzerreißbar. Als ihn das Kräuterweibchen fand, läuteten die Sonntagsglocken, schwer und bleiern, eine Lerche jubilierte ihre frisch geprobten Lieder bis in den Himmel und eine Amsel pfiff den jungen Tag herbei.

FLUCHTWEGE EINES UNREDLICHEN

Von der ausgreifenden, blassgrünen Pelerine des
Gemeindedieners rann das Wasser in kleinen Bä-
chen herab, das ein unbarmherziger Himmel seit
Stunden über dem Bergdorf ausgoss. Er war mit
einem Handwagen unterwegs, unter dessen zer-
fetzter Zeltplane sich die Habseligkeiten aufhäuften,
die ein paar undeutlich wahrnehmbaren Personen
gehörten, die um das kleine Gefährt herumstanden
und deren Schatten sich in den trüben Pfützen dun-
kel widerspiegelten.

Es waren eine Frau, ein Mann und ein halbreifer
Knabe, die unter schwarzen Regencapes steckten
und aussahen, als wären sie einer mysteriösen Pro-
zession entlaufen. Der Gemeindediener offerierte
die drei geduckten Lebewesen als Flüchtlinge aus
dem bedrohten Osten, die ein zäh sich vorwärts be-
wegender Treck gerade ins Dorf geschleudert hätte
und nun in die einzelnen Häuser verteilt werden
müssten.

Umsiedler, schrie meine Großmutter, und war

175

im Begriff, die Türe wieder zuzuschlagen, in die der Gemeindediener vorsorglich einen Fuß gesetzt hatte. Und schon war das unchristliche Palaver im Gange, das damals die Gebrechen der Zeit in sinnloser Vereinfachung beschrieb. Er solle sich fortscheren mit der fremden Bagage, brüllte meine Großmutter aus dem Schutz des Hausflurs heraus, wir hätten den Krieg nicht angezettelt und wollten ihn auch nicht ausbaden.

Es war der Widerstandskraft des Gemeindedieners zu verdanken, dass der Dialog sich entschärfte und meine Mutter plötzlich aus dem Halbdunkel hervortrat. Wir sollten uns die Leute doch erst einmal ansehen, meinte sie, bevor wir ihnen den Dreck dieser strapaziösen Jahre ins Gesicht schrieen. Der Gemeindediener verstummte. Wortlos, mit einer forschen Handbewegung, winkte er die verschüchterten Gestalten ins fahle Licht. Unsicheren Schrittes erstiegen sie die Steintreppe, klammerten die klammen Hände ans eiserne Geländer, schüttelten die Regenhaut ab und überquerten zaghaft und verbittert, man konnte es deutlich sehen, mit innerem Widerstreben die Türschwelle.

Der Gemeindediener schleppte indes die Kleiderballen und den kümmerlichen Hausrat heran, die den Handwagen vollgestellt hatten, und tat so, als sei das Einverständnis einer Einquartierung schon hergestellt, dem meine Mutter noch zweifelnd nachforschte.

Ich glaube, es waren die Kinderhand, die sich plötzlich in die Hand meiner Mutter schob, und der zitternde Körper, der nach Wärme suchte, die das Einvernehmen herstellten, sich näher zu besichtigen, und meine streitsüchtige Großmutter grummelnd in die Küche abwandern ließen. Die Leute, die kurz darauf unter dem perlenbesetzten Schirm der Stubenlampe saßen, waren stumpf und ausgetrocknet von den Strapazen ihrer befohlenen Wanderschaft. Das Leid, das sie stockend hervorstießen, in der Heimat aufgeladen und auf einem langen Treck aus den Sudeten bis ins Thüringer Bergland mühselig fortgeschleppt, schien von biblischen Ausmaßen. Haus und Hof hatte ihnen der Krieg genommen, die Freunde zerstreut, das Land entfremdet, dem sie sich verbunden fühlten, und sie zum Schluss auf die Straße gejagt wie räudige Hunde, denen jeder Laut in der Kehle erstickte.

Die Lampe beschien einen Bankdirektor, wie man hören konnte, dessen Noblesse man, so niedergedrückt er jetzt auch war, in seiner Gestik noch wahrnehmen, dessen erworbene Arroganz man noch erahnen konnte, und seine Frau, eine in sicheren Zeiten wahrscheinlich tief dekolletierte, schmuckbehangene Schönheit, deren zarter Teint und die blutvoll untermalten Wangen selbst die ätzenden Wasser der Landstraße nicht auswaschen konnten.

Sie saßen beim Tee, dem heißen, versöhnenden Getränk, und besprachen Dinge, die das nackte Leben betrafen und meine Mutter zu dem Entschluss führten, ihnen die geräumige Dachkammer und ein mit groben Hölzern ausgezimmertes Nebengelass als vorläufiges Obdach zu überlassen. Die Zeiten änderten sich auch wieder, wusste meine Mutter der traurigen Notgemeinschaft zu kolportieren, und dann polterte die kleine todmüde Gesellschaft die Treppe hoch ins Dachgeschoss und prophezeite eine gefährliche Anspannung für alle Bewohner des Schieferdachhauses.

Als die Turmuhr von der alten Schule Mitternacht schlug, war Oktober. Für die Jahreszeit brach ein seltsam diesiger und dunstiger Nebeltag an, der die Wasser, die auf ihn niedergeprasselt waren, wieder abwarf und in brodelnden Stößen zurück in den Himmel schoss. Der Kalender vermeldete das Jahr 1944 und wusste anzukündigen, dass die Gussregen in der 16. Woche nach Trinitatis bald in schneidende Schneegestöber hinübergleiten und dem Winterkorn böse zusetzen würden.

Die Fiebelkorns, wie die sudetendeutschen Zuwanderer hießen, rieben sich die tränenschweren Augen, als sie am Morgen erwachten, tasteten die schmucklosen Wände ab und sahen in den trüben Dunst hinaus, der wie ein aufgeblasener Sack vor dem kleinen, doppeltgekreuzten Fenster hing und ihrem Seelenzustand so weitgehend entsprach, dass sie dachten, der Herrgott hätte die Hände im Spiel. Träge warfen sie die leinenen Nachtkleider ab und bespritzten Gesicht, Hals und Arme mit dem spärlichen Wasserstrahl, der aus der Leitung tröpfelte, dass er zu lauter kleinen Bläschen zerstob. Dann schnürten sie die ärmlichen Kleiderballen auf, die sie letzte Nacht verachtend in eine Ecke der Dachkammer geworfen hatten, und wühlten aus dem ungeordneten Bündel die wenigen Kleidungsstücke heraus, die ihren Körper in den nächsten Wochen bedecken sollten.

Melitta Fiebelkorn schluchzte dabei, als müsste sie ersticken, sie schluchzte die Schmach aus sich heraus, aber Alfred, ihr Mann, vertuschte das Elend durch das Summen eines Kirchenliedes, für dessen Melodie er bald auch die tröstenden Worte wiederfand, die sich bis ins Chorale hochschrauben ließen. Das Gespenstische des frühen Morgens heftete sich in der Erkenntnis fest, dass die Armut, in die sie hineingestoßen waren, grandios zu sein schien. Nur konnten sie ihr noch keinen Namen geben, keinen treffenden Ausdruck dafür finden.

Eines wollten sie nicht, dass die unschuldigen Gefühle des heranwachsenden Knaben hineingezogen wurden in das tiefe Elend, in dem sie steckten. Und so fingen sie an, wie die Angsthasen im dunklen Walde zu pfeifen, Kinderstimmen zu imitieren und die bösen Streiche von Max und Moritz herzusagen und sich dabei die einzigen wollenen Fetzen um den Leib zu wickeln, die sie bei der Flucht aus S. zusammengerafft hatten. Wie Ausgestoßene kamen sie sich vor, als sie hastig die Treppen herunterliefen und mit meiner Mutter eine erste morgendliche Konversation suchten. Sie mussten herausfinden, wo der Bissen Brot und das Kännchen Milch aufzutreiben waren, die sie als Grundversorgung für nötig hielten.

Meine Mutter schaffte Rat. Sie zeigte Fiebelkorns die Punkte im Dorf, wo etwas zu holen war, für gute Worte weniger als für frische Taten. Und so sah man Alfred Fiebelkorn bald da einen Stall ausmisten, bald dort einen Leiterwagen schmieren, heute vor einem Gehöft die Straße fegen, morgen für einen anderen Bauer das Holz sägen, und Melitta, die Schöne, sah man die Fenster putzen beim Porzellanfabrikanten und Puppenköpfe in kleine Holzwolleschachteln sortieren.

Es war wenig, was sie mit heimbrachten an Geld und Ware, aber langsam reichte es zum Leben, und was fehlte, tat meine Mutter hinzu, ein Glas Buttermilch und ein Häubchen Butter, wenn sie die frisch geschlagen hatte, einen Bratapfel aus der heißen Röhre, ein paar Kartoffeln aus der letzten Ernte, eine Konserve, ein abgelegtes und manchmal auch ein noch nicht gebrauchtes Kleidungsstück.

Aber was vielleicht noch wichtiger war, Mutter nahm sich Zeit zum Zuhören, ließ sich Geschichten erzählen aus dem fremden Landstrich, die Geschichten fremder Menschen und die der Fiebelkornschen Familie, und sie übersetzte den Dialekt der heimischen Dorfbewohner, den die Fiebelkorns nicht verstanden, ins Hochdeutsche. Es ergaben sich lustige Missverständnisse und kuriose Gleichnisse, und es entstand so etwas wie Nähe zwischen Leuten, die ein Gemeindediener zwanghaft zusammengeführt hatte.

Wer keinen Übersetzer brauchte, waren wir Kinder. Die Spiele, die wir ausdachten, und die Streiche, die wir ausheckten, waren international. Murmeln oder Krieg spielen, Vogelnester ausnehmen, Wespennester stürmen, mit dem Blaserohr schießen oder mit der Steinschleuder gefährliche Geschosse abfeuern, das gab es in Böhmen und im Thüringer Wald. Die Freude über gelungene Attacken oder über missglückte war grenzüberschreitend, so dass wir für das Zusammenleben unter dem Dach des Schieferhauses ein Harmoniepolster einbrachten, das für Entspannung sorgte.

Die Großmutter freilich war unbelehrbar. Für sie blieben die Fiebelkorns die fremde Bagage, getauft war getauft. Sie ließ zwar keine bösen Worte mehr fallen, weil meine freundliche Mutter die Szene beherrschte und der Alten mit bohrenden Blicken den Mund verschloss, aber sie ließ eben auch kein gutes Wort hören. Sie ging, wie man so sagte, den Evakuierten aus dem Wege.

Die Großmutter war zeitlebens ihren Gefühlen gefolgt. Ich glaube, sie hatte noch keinen Arzt gesehen. Wenn ihr etwas wehtat, wurde etwas aufgelegt, das sie in der Natur gesammelt hatte. Das Wetter und die Konsequenzen daraus für das häusliche Leben bestimmte sie nach alten Bauernregeln. Aus Kalendergeschichten bezog sie ihr Geschichtsbild, und dies hatte erstaunlicherweise eine große Realitätsnähe. Sie kannte die Feuchtgebiete ihrer weiteren Umgebung und die trockenen Stellen, sie wusste, wo ein bestimmtes Erz in der Erde lagerte und wo am Himmel ein bestimmter Stern stand. Ihr Wissen war mannigfaltig. Und sie hatte eine verblüffend sichere Menschenkenntnis. Sie suchte die Physiognomien nach Zeichen und Wundern ab und fand zu nachdenkenswerten Urteilen. Lavater war nicht ihr Freund, sie meinte, ihr brauchte keiner etwas zu sagen über die menschliche Seele, auch nicht die großen Kapazitäten.

Bei Alfred Fiebelkorn hatte meine Großmutter eine winzige Fistel entdeckt, schräg über dem linken Augenlid, die seinen Blick mitunter sekundenweise nach oben trieb, als wollte er das kleine Korn herunterholen in seinen Gesichtskreis, und während dieser kurzen Ausnahmestellung seiner Augen fror sein Gesicht zu eisiger Kälte, und das wollte meine Großmutter zu einem Charakterzug verallgemeinern, der dem Manne anzudichten vielleicht gänzlich absurd war.

Aber wie man die Veränderungen ausdeuten sollte, die Fiebelkorn nach kurzer Anpassung an das Dorfleben ausstellte, das wusste man freilich nicht.

Aus dem geduckten, niedergedrückten Umsiedler, der sich den Launen und der Knechtschaft der einheimischen Bauern unterwarf, kroch plötzlich ein gewiefter Händler, der schnell erkannt hatte, dass jeder im Dorf etwas anderes suchte, und sich selbst für rechtschaffen genug hielt, das Fehlende jedem zu besorgen. Er erinnerte sich an einen volkswirtschaftlichen Grundsatz, den er seit seiner Studentenzeit gespeichert hatte und der von einem alten englischen Ökonomen stammen sollte, wonach der Mensch das einzige Lebewesen sei, das Geschäfte machte. Oder hatte man schon einmal einen Hund gesehen, der mit einem anderen Knochen tauschte?

Diesen zivilisatorischen Vorsprung wollte er nutzen, um wieder auf die Beine zu kommen, und an dieser Stelle schien Großmutter doch mit seherischen Fähigkeiten ausgestattet, als sie meinte, dass Alfred Fiebelkorn in seinen neuen Geschäften über Leichen gehe. In einer ausgemusterten Scheune raffte er nämlich alles zusammen, was Kriegsnot ausspuckte und was sie in sich hineinfraß, Dreschflegel, Bombensplitter, Autowracks, Kochtöpfe, Badewannen, Essgeschirre, Vasen und Schaukelpferde, Sensen, Dachziegel, Verbandsstoffe, alte Fahrräder, Heringsfässer, Skibindungen und Holzpantinen, allen Krempel, der in der Dorfgemeinschaft sesshaft war.

Wenn einer kam, der dringend etwas davon be-

nötigte, dann nutzte Alfred Fiebelkorn die Allein-
stellung seiner Warenhortung im Dorf aus, um den
Bedürftigen das Fell über die Ohren zu ziehen. Für
die Kälte, die seinem Austausch Ware – Geld oder
Ware – Ware, Motorrad gegen Badewanne, obwal-
tete, wurde Alfred Fiebelkorn nicht getadelt.

Er wurde bewundert, und als seine Frau Melitta
nicht mehr in garstigen Wollstrümpfen, sondern
wieder mit dunkler Naht und in wallendem Kanin-
mantel durch das Dorf stolzierte, war die Assimi-
lation vollzogen. Der Evakuierte Fiebelkorn war jetzt
einer ihresgleichen, bestimmten die Bauern, obwohl
er in einer Dachkammer wohnte und meine Großmutter ihn als einen Halsabschneider verschrie.

Als die Amerikaner im April 1945 ins Dorf kamen, mit strahlenden Gesichtern und schneeweißen
Zähnen, auf ihren Panzern und Spähwagen sitzend
wie auf großen Spielzeugen, Grüße mit den Dorf-
mädchen tauschten und uns Kindern ihre Kaugum-
mis in die aufgehaltenen Mützen warfen, strahlte die
Sonne von einem makellosen Himmel, und auch die
Stimmung im Schieferdachhaus war nicht grau in
grau, sondern fast wolkenlos.

Meine Mutter, Melitta und Alfred Fiebelkorn wa-
ren wie eine Großfamilie, in der zwei spitzbübische
Knaben ihr Allotria trieben. Den Hunger hatten bis-
lang alle abgewehrt durch aufopfernde Arbeit und
Organisationstalent, mitunter bis an die Grenze der
Erschöpfung, und bei Fiebelkorn wohl auch bis an

die Grenze der Kriminalität, und wenn manchmal doch Schmalhans in Küche und Keller die Oberhand gewinnen wollte, dann spuckte die von Großmutter gehütete Häuslerwirtschaft aus einem noch unbekannten Winkel ein paar essbare Dukaten aus, die man nicht mehr vermutet hatte. Das tägliche Leben schien von Liebe und Dankbarkeit geprägt, wenn man die gelegentlichen Kaskaden des Unmuts von meiner Großmutter davon abzog und die härmende Sehnsucht von Alfred Fiebelkorn nach seinem böhmischen Bankdirektorium. In besonders anstrengenden Phasen des Tagewerks ließ er gerne die Gewohnheiten aufleben, die ihm dort heilig gewesen sein mussten, den strengen Befehlston, die ironisierende Rede, und dann wurde einem der Rücken kalt und das Herz schlug heftiger, und meine Mutter meinte, ohne sich zu beunruhigen, dass der Mensch ein kompliziertes Wesen sei.

Und ehe man sich versah, war aus dem denkwürdigen Frühling Sommer geworden, aus dem wechselhaften April ein bestürzend unbeständiger August. Alles war Veränderung, in der Natur und im deutschen Leben. Die Amerikaner wechselten ihre Stützpunkte. Sie tauschten Thüringen gegen Berlin. Die Russen hatten Bajonette auf ihre Gewehre aufgepflanzt, als sie im Austauschgebiet einrückten, und auf dem Turm der alten Schule hissten sie eine rote Flagge. Sie hatten keinen Kaugummi im Reisegepäck, aber eine Gulaschkanone, die uns Kindern die gleiche Freude machte wie die amerikanischen Knallbonbons. Die Russen hatten noch etwas anderes im Gepäck, eine Unruhe, die sie in die Herzen pflanzten, die sie in jedem Haus ausluden, das sie berührten.

Als sie das Schieferhaus durchstöbert hatten, vom Keller bis unters Dach, Waffen, Waffen dazu riefen, lief Alfred Fiebelkorn wie in einem Bunker umher, von einer Wand an die andere und wieder zurück, und schnäuzte den angestauten Nasenschleim so rigoros in sein blaubuntes Taschentuch, dass es gleich an mehreren Stellen zerriss und wie ein Kapitulationsfetzen vom spitzen Nasenbalken herunterhing.

Eine Woche später hieß er seine Frau Melitta die sieben Sachen packen, die nun nicht mehr auf einen Handwagen gingen, und dampfte in einer frühen Morgenstunde auf dem Pferdefuhrwerk der Porzellanfabrik ab an die nächste Bahnstation, wo er offenbar Unterstützer gefunden hatte, die ihm zu einem für uns unbekannten Ziel weiterhalfen.

Meiner Mutter hatte er noch mancherlei Komplimente zurückgelassen und eine tiefe Verbeugung. Demut und Dankbarkeit rissen seinen Abschied wortreich in die Höhe, aus den Augen der Frauen lösten sich die Tränen, und in den entfernteren Winkeln der Stube standen zwei Knaben, verschreckt und fassungslos, und bekamen kein Wort über ihre jungen Lippen.

Vierzehn Tage später kam ein Brief aus Mönchengladbach, der kundtat, dass die Fiebelkorns ein neues Quartier gefunden hatten. Sie dankten für den Winter und den Sommer, die sie mit uns verbracht hatten, und für die Ermutigung, die man ihnen gespendet.

Ein Zungenschlag nur missfiel meiner Mutter, weil er wie eine Anweisung klang, wie ein versteckter Befehl, wie die Aufforderung einer Bank, man möchte den fälligen Kredit ablösen, ein Zungenschlag, der dem Warenlager von Alfred Fiebelkorn in der geräumigen Dorfscheune eine Art Testament schrieb. Dort, verlautbarte nämlich der vormalige Bankdirektor aus S., solle meine Mutter die Sammlung akkurat verwalten, nichts verschleudern, abgeben nur – was für eine Blasphemie für diese Zeit – für gutes Geld, und den Erlös möchte sie aufbewahren, sorgfältig, es kämen auch wieder andere Zeiten, und er, Alfred Fiebelkorn, würde schon Wege finden, sich diesen irgendwann abzuholen. Dachte der Mann tatsächlich schon wieder an Gewinn, an Zins und Zinseszins, obwohl die Trümmer noch rauchten und in den Städten die Ruinen wie zerschossene Sturmvögel in den Himmel ragten?

Meine Mutter hatte ein wenig mit der linken Augenbraue gezuckt, dann war sie wieder versunken im täglichen Kleinkrieg der Erhaltungs- und Beschaffungskunst, und mir kam es wie eine Erholung für sie vor, wenn sie sich am Sonntag hinsetzte und ihren Brief an die Fiebelkorns schrieb, Sonntag für Sonntag, drei, vier Jahre lang.

Auf diese Weise entstand am Niederrhein, in der amerikanischen Besatzungszone, für einen böhmischen Bankbeamten eine Art Dorfchronik eines kleinen Thüringer Marktfleckens, den die Russen besetzt hielten. Das Honorar für diese Ausdauer hielt sich in Grenzen. Es versickerte in einem Paket, das jährlich einmal, immer kurz vor Weihnachten, im Schieferdachhaus eintraf und von ein paar spärlichen Mitteilungen stets gleichen Zuschnitts begleitet war. Alfred sei wieder bei der Bank, der Junge besuche die und die Schule, vermerkte die zierliche Handschrift Melittas, und sie sei im Taunus gewesen, die Nerven, die Nerven, wir wüssten schon. In einem Jahr lag dem Paket ein Bild bei, das die Fortschritte der Familie dokumentierte, und die zerbrechlichen Buchstaben von Melittas Hand rahmte ein geschwungener Briefkopf, der Alfred Fiebelkorn wieder als Bankdirektor feierte.

Danach versiegten die Lebenszeichen. Meine Mutter, krummer und zugleich zäher geworden von der Last der Jahre, betrübte das Schweigen nicht. Sie schob weiterhin pünktlich und regelmäßig, jeden Sonntag, ihren Brief nach Mönchengladbach durch den gelben Schlitz des Postbriefkastens. Erst als ihr Alfred Fiebelkorn durch ein beschwörendes Schreiben bekanntmachte, er möchte mit der ganzen Ostzone nichts mehr zu tun haben, sie möge es verstehen, er könne die Bajonette auf den Gewehren der jungen, frechen Kommunisten nicht vergessen, da warf meine Mutter den Federhalter mit solcher Gewalt an die Wand, dass die Tinte nur so umherspritzte und als Kainsmal einer verdorbenen Freundschaft die geblümte Tapete befleckte.

Vergangenheit erkunden

Eine Geschichte über Krieg und Vertreibung
und die Suche nach dem Platz im Leben

Joachim John
Bube John

160 Seiten | gebunden mit Schutzumschlag
ISBN 978-3-360-01961-5 | 16,90 Euro

Der Maler und Grafiker Joachim John erzählt
in einer über alle Farbtöne verfügenden Sprache
über das Erwachsenwerden in der Nachkriegszeit. Die ruhelose Geschichte des »Buben«, dessen
Odyssee lange kein Ende findet.

ISBN 978-3-360-01962-2

Ein Verlagsverzeichnis schicken wir Ihnen gern:
Das Neue Berlin Verlagsgesellschaft mbH
Neue Grünstr. 18, 10179 Berlin
Tel. 01805/30 99 99
(0,14 €/min. aus dem deutschen Festnetz,
abweichende Preise für Mobilfunkteilnehmer)

Die Bücher des Verlags Das Neue Berlin
erscheinen in der Eulenspiegel Verlagsgruppe.

www.das-neue-berlin.de